悩むが花

大人の人生相談

伊集院 静

文藝春秋

序章

悩んでるうちが
ハナなんだよ

逆ギレされたらどうするか

Q

電車で老人に席を譲らなかったり、騒いだりしている若者をみると無性に腹が立つオヤジです。でも、注意して逆ギレされたら……。どうしたらいいんでしょう。（58歳・男・無職）

A

私は注意をする。

それは注意せにゃイカンヨ。

問題はその注意のしかただな。臆病になって注意をしていたら、相手に舐《な》められる。腹の底に力を入れて、コラッ、静かにせんか。と怒鳴るくらいの勢いが大事だ。まあ大声を出さなくともいいが、肝心は〝腹をくくってかかる〟ことだ。相手を睨みつけて目線を決して離さない。ひるまぬことだ。

逆ギレされたらどうするか？

だから逆ギレより、
注意する方がキレてることが必要なんだよ。

そこでひとつ忠告しておくが、相手が酔っていたり、目がうつろな場合は立ち上がらない方が賢明だろう。酔っている者（程度にもよるが）とクスリをしている者には何を言っても通じない。

最後にこれが一番大事なことだが、君にそういう正義感があるなら、誰かが先にそういう相手に注意したら、すかさず応援、賛同の声を上げてやることだ。「こら静かにしないか」と声がしたらすかさず「そうだ、静かにしなさい」と立ち上がることだ。最近の日本人の大人はこういう正義の発端に対して知らん振りをする悪い傾向がある。例えば相手に逆ギレされて殴られている者を、

――それみたことか、馬鹿な奴だ。

と内心思って笑っている輩がいる。

馬鹿はおまえだ！

私は君の若者への考えに賛成だし、おおいにやるべきだ。

仮に逆ギレされてやられても、次は頑張ってへこましてやろう、とジムでも道場でも行く方がいい。それで身体を鍛えられる。

相手がヤクザだったら？　かまわない。そんなつまらんことをするヤクザは三流だ。

それで死んだら？　それも人生だ。子供に一番いい教育ができたと思えばいい。

しかしそんなことで人間は死なんよ。

Q

結婚直前に、彼女が過去にフーゾクをやっていたことがわかりました。今まで隠していた彼女に強い不信感をもってしまったし、このことがバレたら親族一同に猛反対されるのは目に見えています。婚約を解消するかどうか迷っているのですが……。

（29歳・男・会社員）

A

婚約者が風俗で働いていた過去があった？

それで婚約を解消したいって？

君、バカも休み休みに言いなさい。

風俗で働いていたってことが、親族一同にとってそんなに猛反対しなくちゃならんことかね。そんな親族には離縁状を叩きつけてやることだ。

風俗という仕事が社会の中にあって、そこでしっかり働いていたんだから、何も人に指さされることじゃないだろう。

むしろよく頑張ってたんだナ、と君が思ってやらんとイカンのじゃないかね。

それを隠していた彼女に不信感をもったって、なら婚約はやめた方が、彼女のためだ。

隠してたって言うが、逢って婚約に至る恋の経過があるなら、わざわざそんなことを君に話さんだろう。君に好かれたい気持ちがあったんだから。隠してた彼女の気持ちにもなってやれんのか。

一人の女性を引き受けるってのは過去のすべてを、いや過去だけじゃなくて彼女を取り巻くすべてのことを君が引き受けるってことだ。

それもわからんのか。

君、彼女に私に連絡するように言ってくれんか。

私からちゃんと言ってやるよ。


「そんな男すぐにやめてしまえ」とナ。

Q

僕は酒が弱く、ビール二口でフラフラになってしまいます。どうすればお酒に強くなれますか？（22歳・男・大学生）

A

どうすればお酒が強くなるか？

お酒が強くなる必要はまったくないよ。

私は四十年以上、浴びるほど飲んで、強いですね、なんて言われて、飲み続けてきたけど、ひとつふたつイイことあったけど、百万回は愚かなことだったよ。でも飲むけどね。

それでも強くなりたい？　仕方ない。


最初にまず飲む。次に吐く。そして倒れる。目を覚ましたら、また飲む。ふらふらしながら起き上がり、さらに飲む。吐きながら倒れ

る。目を開いたら起きれなくとも枕元でビールをストローで飲む。頭がクルクル回る。それでも辛抱して飲む。吐く。死にそうになる。死んでなかったらまた飲む。日時も、世紀も、自分の名前もわからなくても飲む。

まあそんな感じやね。

Q

長年連れ添った夫が定年間際に亡くなり、手元には三千万の死亡退職金が残りました。どこから聞きつけたのか、保険セールスや銀行員がしょっちゅう営業に来て、もううんざり。夫の三十年の仕事の結晶を勝手に投資する気にはなりません。とはいえ、使い道もなく困っています。（61歳・女・無職）

A

ワシが使ってやるから持ってきなさい。

踏み出してみればわかる

Q

クラス内で友人がいじめられています。助けてあげたいと思う反面、次のいじめのターゲットにされると思うと怖くて、何もできないでいます。先生が私の立場ならどう行動しますか？

（15歳・女・中学生）

A

断然、助ける。

いろいろ考えない。助けるために相手が何人いようがむかっていく。そんなことできる時って、これから先の人生の中にはたぶんないから。

君が、ターゲットになったら?
断然、戦う。
踏み出してみればわかる。
ナンテコトナイカラ。

Q

会社の業績が悪化し、50歳以上がリストラの対象になっています。いつクビになるか不安でたまらないんですが、仕事を辞めても生きていけますか。（52歳・男・会社員）

A

まずリストラをするような会社は会社じゃないの。次にそこまで業績が悪くなっているのに気付かない社員もいけない。商いってものは物をこしらえて売って、そこで利益を上げて、分配することが基本だ。利益が上がらん限りは給与だって分配できんわけだろう。いくら会社が大きくなっていて一見利益の上がり方、分配法が複雑で見えにくくなっていても、この基本は千年以上かわっていない。

そんな状態が続いているのに一番最初に気付かねばならんのが、そこで働く者でしょう。それに気付かんのは迂闊《うかつ》とかそういう問題じゃないだろう。はっきり言うと働く資格がないってことだ。

では仮にリストラの候補になっている雰囲気があるとしよう。その時、まず一番にやることは、リストラに反対すると立ち上がることだ。これは働く者の権利であり、主張することが正しい労働者だ。

上層部がすでに末期症状？　ならとっととやめた方がいい。

仕事をやめても生きていけますか？

そりゃ生きていくことはできるさ。昔と違って食べるものもなく、〝行き倒れ〟なんて人をこの五十年私は見たことがない。

しかしだな、生きてるってことを少し真面目に考えてみると、自分のためだけに生きてても、そりゃむなしいだろう。生きるってのは自分以外の誰かのために何かをするってことだろう（悪いことをするのと違うよ）。

働くというのはこの考えが基本だ。

いろんな企業があるが、自分たちの会社だけ儲かってりゃいいという会社は、それは会社ではなく、盗っ人集団と同じだ。

生きることは働くこと。働くことは誰かのため。

真面目ですねって？　この相談所、真面目に開設してるんだぜ。

Q

何の気なしに夫の携帯をみたら、すごく疑わしいメールを見つけました。ここ数ヶ月、頻繁に飲みにいっている女性がいるようなのです。浮気をはっきり問いただすかどうか迷っています。（42歳・女・パート）

A

奥さん、何の気なしに誰かの携帯電話を見たらいかんでしょう。たとえご主人のものであっても子供のものであっても、勝手に見ちゃいかんよ。

イギリスの諺《ことわざ》にこういうのがあるんだナ。〝他人のものをのぞくなかれ。そこには必ずその人がのぞいている誰も知らない目が光っている。それは誰にも見られたくない封印されている目だからだ〟

これは何を言っとるかというと、他人のものをのぞくと、そこにはのぞいた者がしあわせになるようなものは万にひとつもないということを暗に言っとるんだよ。

奥さんはたぶん、そういうことを教育されなかったのだと思う。たとえば家族は皆仲が良くて、隠し事は何ひとつなく、しあわせな家庭で育ったのかもしれないね。

そんな家庭の中でも、一人一人の内に、あのお祖母ちゃんが、あのお父さんが、あの人が、あの子が、という〝まさか〟のものがうごめいているのが人間なんだよ。それが世の中というもので、普通の顔をしている人間なんだということぐらいは知らないと……。

若い男が若い女と間違えて、老婆の水浴をのぞいてしまったのとわけが違うんだから。

まあのぞいたものはしょうがないわナ。

その携帯電話にすごく疑わしいメールがあったの？

奥さん、あなたもしかしてご主人のことを普段から疑ってるんじゃないの。そんなことはないって？　じゃ疑わしいというメールに、仮に、相手の女性らしき人への送信履歴のメールの末尾に、君のチョメチョメ大王より、なんて一節があったとしようか。それはすごく疑わしいわね。でもね、疑わしいに、すごくも微妙もないの。疑っているだけなの。疑うって行為とか、感情の在り方には際限がないの。

その根源が不安から出ているものだからね。

この数ヶ月、その女性と頻繁に飲みに行っとることがわかったわけだ。よくまあ、そんなに長い間、克明にのぞいたね。奥さんがこの前の相撲界の調査をやればよかったんだよ。

でも奥さん、あら手の主婦探偵じゃないんだから。

まあそれはいいや。頻繁に飲みに行ってるからその女性と浮気してるって？食事に行ったくらいで浮気って考えるのはいけませんよ。奥さんらしくありません（奥さんのことわしゃまだよく知らんかったか）。

食事は食事。浮気は浮気。

きちんと線を引いて男は生きているものです。信じられない？ なんだ、奥さん、大人なんだ。

それじゃ、浮気をしていたとしましょう。

本気じゃなくて、浮気をしてたと、ね？

問いただすかどうか？

可哀相だからよしなさい。

大人の男の人に頭を下げさせるのは妻がやることではありません。

「あなたは頭をお下げにならなくても結構です。そんなことをなさるくらいなら私を先に手打ちにしてからにして下さいませ」とか言ったら奥さんはもう妻の鏡だけどナ。

奥さん、ご主人は断じて浮気はしていません。それだけ頻繁に会っているなら、

それは本気です。

Q

部活の先輩を好きになりましたが、勇気がなくて告白できません。伊集院さんならどうしますか。（16歳・女・高校生）

A

あのね。告白っていうのは、一歩前に出るだけの話だから。キスよりカンタンだから。

大丈夫。告白されて嫌がる男は、よほど程度が悪い奴だから。それ以外の男は告白されると皆嬉しいの。

断られたらどうしたらいいですか。

そんなことわしゃ知らんよ。

屋上に立ってて一歩前に出たら死ぬでしょう。鏡見て状況判断もしないと。

それよりね、私が君なら、先輩をやめて、私に行くね。とりあえず写真送ってくれんかね。

けど君たち悩んでるうちがハナだから。

静

悩むが花　大人の人生相談　目次

デザイン　関口信介＋加藤愛子（オフィスキントン）
写真　Fuse / Getty Images

憤の章

年寄りは昔から
ワガママな生き物なの

冥《めい》土《ど》の土産《みやげ》に、ビシッ！と怒鳴ってやりなさい

Q

先日、電車内で妊婦さんに席を譲ろうと立ち上がったら、いきなり、一人のお爺さんがやってきて席に座りこみました。やんわりと注意したところ「年寄りの言うことは聞け」と言って突っぱねられました。最近こういう独善的な老人が増えてきてる気がするのですが、気のせいでしょうか。（30歳・女・会社員）

A

電車の中で妊婦に席を譲ろうとしたら、横からいきなりお爺さんがやってきて、その席に座り込んだって？　やんわりと注意をしたら、「年寄りの言うことは聞け」と言われたのか……。

そういう時は、はっきりもう一度言わんとイカンね。

「今、この妊婦さんに席をすすめたんですが」って。それで「わしも年寄りじゃ」とかなんとか抜かしたら、

「あんただったら席は譲れません」

と爺さんの腕を引っ張っても立たせんといかんわナ。

年寄りを甘やかしといたらロクなことはない。そりゃよほどヨボヨボの状態の婆さんなら仕方がないが、爺さんだったら、かまうことはない。きちんと主張をせんとイカンぜ。

君たちが思っているより、爺さんたちは元気だし、したたかだから。

ダテに歳を取ってはいないって。

最近、独善的な老人が増えてるんじゃないかって？

今さら何を言ってるの。

年寄りは昔から皆独善的で、ワガママな生きものなの。

どうしてかって？

年寄りはもう怖いもんがないんだから平気なんだよ。

ほとんどの他人が歳下だし、叱ってくれる人もいないし、長いこと生きてきて、世の中がどんなもんかわかったような気持ちでいるのが大半だから。

冥途の土産に、ビシッ！　と怒鳴ってやりなさい。

周囲から年寄りをいじめてるように思われてしまうって？

かまうことはないよ。

おかしいもんはおかしいと注意してやることの方が年寄りには大事だよ。

けど30歳のOLさん。若いんだから電車では最初から立ってりゃいいんと違うか？

Q

現在主人は53歳ですが、毎晩のように取引先や仕事仲間と飲んでいます。飲むのはかまわないのですが、ほとんど午前様でべろんべろん。帰るなりトイレで吐くこともあります。「もういい年なんだし、落ち着いた渋い飲み方にしたら？」というのですが聞く耳を持ちません。子供も小さいし、体が心配です。

（45歳・女・パート）

A

ご主人が取引先、仕事の仲間と毎晩べろんべろんになるまで酒を飲んで戻ってくるのかね？

頑張ってるご主人だね。

そうじゃなくて単なる酒好きかもしれないって？　それでも毎晩立派だよ。

帰宅するなり、吐くのか……。

そりゃちょっと飲み過ぎかもしれんね。

酒と人間が互角に戦うということはありえないからね。人間の方が必ずやられる。わしも30歳過ぎの時にアルコール依存症になって、周囲の人にずいぶんと迷惑をかけたし、最後は久里浜（当時の国立療養所があった）に連れて行かれるところじゃった。

それなりに飲まにゃならん事情があったんだろう。それはその時はしょうがないぜ。男はわかって飲んでいる時があることも理解してくれや。

だけど酒は年齢とともに自然と飲めなくなるんだよ。そういうふうにできとるんだよ。

でもね、奥さん。酒がもたらすものは、必ずしも悪いことばかりではなくて、酒には父や母のように包容力を持つものもあるんだよ。説明はしにくいけど、酒は人間の身体を壊すためにこの世に生まれてきたもんではないというのが私の考えだ。明るい酒なら身体は大丈夫だがな。

Q

いい年して、芸術の良さがさっぱりわかりません。ホールでクラシックを聴いても、名画を生で見ても、何も心が揺さぶられないのです。その上、舌も貧乏舌で、高級フレンチもカップ麺も、どちらもただ「うまい」としか感じません。審美眼を養うためには何をすればよいのでしょうか。

（55歳・男・会社役員）

A

芸術の良さがさっぱりわからんのかね？

あなた、正直だね。わしはあなたのような人を信じるな。わしも昔、名指揮者のクラシックを聴きに行ったことがあるが、何が、どこが素晴らしいのか、さっぱりわからなかったことがあるよ。これが理解できないと大人の男として失格じゃないかと思って、同じ指揮者の同じ曲のレコードを買って来て部屋で聴いたんだが、やかましいばっかりで、隣りの部屋の者からは苦情を言われて、結論を出したんだ。

〝人間にはわかるものとわからないもんがあって、それは能力の問題じゃなくて相性の問題だろう〟となる。

あなた、クラシックの名演奏を聴きに行っても、こころが揺さぶられない、と言っとったね。そう、まさにこころが揺さぶられないこと、つまり興味が湧かんことをすることはないよ。世の中、面白いもんは他にたくさんあるよ。

名画というのもな……。わしは絵画には興味があって、自分の好きな絵画に巡り合わないものかと五、六年、世界の美術館を旅したんだが、途中、名画と呼ばれるものは所詮、それを見た誰かが言いはじめただけじゃないのか、本当にそれが名画なのか、と疑問に思ったものが何点もあるよ。抽象画なんぞは長い間、絵画を逆にかけて皆が鑑賞し、あれこれ言っとったという逸話もあるくらいだからな。ただこれが審美眼（美しいものと醜いものを見分ける能力のこと）と関係があるかどうかはわからんが、わしは名画でも日曜画家の作品でも、先入観なしで見て、これはイイ感じだ、わしは好きだな、この絵、と思ってその画家の他の作品も見てみるんだ。それで他の作品も、イイじゃないかと思ったら、その画家の絵画を旅の間ずっと見て、いい旅じゃったと満足することにしてたよ。

人が名画と呼ぶから、ぞろぞろ見に行き、わかりもせんのにうなずくというのも人生の時間の浪費だと思うぜ。それはきっとクラシック音楽にも言えるんだろうね。わしはもうやかましいから聞かんがね。

ただ高級フレンチとカップ麺の問題はあなた間違っとるよ。今、日本にある高級フレンチより美味しいカップ麺は結構あるよ。一生懸命、カップ麺作っとるもの。つまらんフレンチ料理に舌鼓打っとる輩は愚か者だよ。いい死に方せんと思うぜ。

最後に、哲学者のソクラテスがこう言っとる。人間は生まれながらにして美、徳を理解できる能力を持ってこの世に出てきている、とな。これをわしは疑っとる。君の哲学は疑うことからはじまるからね。ウオッッホン！

Q

夫婦で焼鳥屋を始めましたが、さっぱり客が入りません。味には自信があります。デザイナーに頼んだ店は、女性でも入りやすいオシャレな内装です。それなのにガラガラ……。先生にとって、いい飲み屋の条件とは何ですか。参考にしたいと思います。（28歳・男・自営業）

A

夫婦で焼鳥屋をはじめたの？

そりゃイイ選択だね。鳥ってのは捨てるところがないし、ヘルシーだし、仕入れも安いしね。昔は焼鳥屋からはじめて成功した人はずいぶんと多かったんだよ。

さっぱり客が来ない？

最初のうちはそうだろうよ。お客はあなたたちの店を知らないんだから。チラシ持って店の回りで配るんだナ。皆最初はそうやってはじめたんだから。

デザイナーに作ってもらったオシャレな内装か……。ちょっとそれが気になるけど、まあ作ったもんはしょうがない。

わしの考えじゃ、焼鳥屋は綺麗な店はあまりよくないよ。煙がぼんぼん立って、オヤジが団扇《うちわ》ポンポン叩いててサ。焼いたはしからどんどん客が平らげて、ビールをガンガン飲んで、クシは足元に放り投げるくらいがイインだナ。店を汚すってのもありだナ。

イイ店の条件か？

そうだな。仲間を連れて行って喜ばれる店ってことかな。わしゃ店が混むようになるのがイヤだからイイ店は人に紹介しないで一人で行くけどね。他に何かアドバイスな……。

味に自信があるなら、客にこびない店にしてくれよ。それと禁煙の焼鳥屋は論外、ダメだよ。元々煙い所なんだから。

喰いもの屋のことで少し話しておくが、あの店が美味いとか、あそこは不味いとか、そんな話を大人の男がするもんじゃないよ。美食家とか、グルメとか、食の評論家と称する輩のあの卑しい顔つきを見りゃわかるだろうよ。美味いってのは主観だろうよ。いい店というのは〝人〟だよ。信頼できる主人なり、オヤジと出逢うのが基本だよ。そいつがこしらえるものだから〝美味い〟って。これが客になるってことだ。

Q

最近オシャレに気を遣い始め、気の利いたデザインのシャツや時計を身につけるようになりました。少し派手かもしれませんが、自分では満足しています。しかし妻からは「恥ずかしいから止めて」と大不評。いい歳の男がオシャレに精を出すのはみっともないことなのでしょうか。オシャレとは何かを教えていただけませんか？（52歳・男・会社員）

A

50歳を過ぎてオシャレをしはじめたって？　いいことじゃないか。

オシャレを気遣うには年齢的にも丁度いい頃合いだろう。

身形《みなり》に気を遣いはじめると、世の中にはシャツひとつとっても、なんとさまざまなデザイン、カラーがあり、着こなし方も違うのかがわかるし、それまでは見すごしていた同じ歳、歳上の男が身につけているものに、その人が工夫しているのが見えてくる。それまでは自分には少し派手かなと思っていたものも、いったん身に付けて表に出てみると、他人の反応は自然で、当人の気分が想像以上に楽しかったりするものだ。おそらくこの当人の気持ちが昂揚したり、前向きになったりする点がオシャレをすることの良い点なんだろう。だから私は人生の切ない、哀しい事象に遭った同輩には、少し明るいものも着て気分を変えてはどうだと口にすることもあるくらいだ。

人生というものは年齢を重ねれば重ねるほど、その日一日昂揚したり、前向きにものごとを考えられる機会が少なくなるものだ。

オシャレでそれが少しでも得られれば、おおいに結構じゃないか。

さてここで問題点がひとつある。

君の女房が、

「恥ずかしいから止めて下さい」

と言っとることだ。

君は、少し派手かもしれませんが、と書いてきとるが、その少し派手の加減だ。

オシャレと、他人をびっくりさせるような恰好はまったく別のものだから。

レモンイエローやピンクのスーツなんてものが店先に飾ってあるのを見かけるが、

「いったい誰がこんなものを？」

と私は思っていたが、或る週末、友人と鮨屋で待ち合わせると、彼が連れて来た男が、それに近い色味のスーツを着てあらわれた。

私も、鮨屋のオヤジも正直、驚いた。

派手男がトイレに立つと、友人が言った。

「あいつ週末だけ大胆になる男でね。イイ奴なんだが一緒に歩くと少しな……」

「そうだろうナ」

私は答えて、友を引き受けることはそいつのすべてを引き受けることではたしか

にあると思ったが、

「俺は今夜は引き揚げる」

と言った。

「ダメか？」

「今の俺にはまだそんな余裕はない」

「じゃ早々に切り上げよう」

そうしたことがよかったのかどうか、今でも私自身わからぬが、場、状況に合った服装というものはあってしかるべきだと思う。

その夜の待ち合わせが、鮨屋でなく、ロックのコンサートの会場ならわかるが、大人の男というものは基本的に他人を驚かしたりするようなものは避けるべきだ。

私は男がスカートを穿いてもいっこうにかまわないし、時代の流れに敏感なのが、世代の主張を反映するのがファッションだと思っている。だから男のスカートも鼻のピアスも結構であり、そういう男がいるのが世の中だとわかっている。

でもあの夜の鮨屋は違うと思った。大人の男の場所だから。

話が逸れたが、君の奥さんが恥ずかしがるオシャレがどの程度のものかというのは、大事なことだと思うナ。

せっかくだからオシャレの話をもうひとつしておくと、自分に合ったものが身に付くまでには、何度も失敗をくり返すのが当然だというのもわかって欲しい。スーツ、ジャケット、シャツ、靴、時計でも自分ではいいと思って選んで、少し高い買物をしても、いざ身につけると、やはりどうもオカシイ。そう思ったら、それを捨ててしまうことだ。せっかく高い金を使って、と思うかもしれないが、オシャレというものはその失敗をくり返して、ようやく自分のものになるんだ。金と時間がかかるものだ。

ではオシャレの基本は何か？

私が考えるには、〝清潔〟であることだ。

言っとくが汚れてないってことだけじゃない。清楚であっても、そこに〝潔さ〟があることが肝心だ。

なぜならいったん表に出れば、そこで何が起きるかわからないのが世間だ。事故や災難、野垂れ死ぬこともある。人はあんたの死顔と同時に、その身形《みなり》も見て、こういう男が人生を終えていたと思うから。その時、イイカタチの死にざまの方がよかろうよ。

私が考える〝潔いオシャレ〟の根は、そんなところにもある。

きちんとしたオシャレを身につけていれば、女性のオシャレの良し悪しもわかってくるものだ。オシャレは着飾ることではなく、身に付けるものだ。

そう言いながら私は冬は股引《ももひき》、夏はステテコをズボンの下に穿いているけどね。

それをしはじめてから、私のオシャレは終ったね。オシャレ、ダンディズムは〝やせ我慢〟の象徴でもあるからね。

銀行家、株屋、投資家……大半はまともな顔はしとらんよ

Q

将来に向け、ドル建て預金や株で投資をしてきたつもりでしたが、世界同時株安で大損しました。値動き表を見てはタメ息が出ます。こんなモノに振り回されない強い心を持ちたいのですが……。どうすればいいでしょうか。（43歳・男・会社員）

A

将来に向け、ドル建て預金をしたり、株をやってるって？
将来ってのは、君の将来だよな。
どういう将来を描いとるのかね。

老後はしこたまためた金で悠々自適に暮らすとかか。

少し聞くが、今ある金はどうやって手に入れたのかね？　会社で君が働いて得たものだろう。君の仕事がどんな仕事かは知らんが、一生懸命に汗水流して働いたんだろう。そうだよな。君が社会人になって教えられたり、覚えたり、工夫して、会社の業績を上げ、給与も上がって、少し余裕ができたのが現状だろう。

その預金は君の労働の対価だわナ。ドル建てで預金して金も増えたこともたぶんあるんだろう。

なぜ、君の金が増えたの？　ドルが高くなったからって。そりゃそうだろな。じゃ聞くが、君はドルが高くなるために何かしたのかね？　ただ見てただけだろう。それで君の金が増えるって、そんなうまい話が世の中にあるわけないだろう。

そういうことに手を染めたのは、それをすすめに来た金融会社の小間使いみたいなのがいるんだろう。考えてごらん。そいつが自分の金をドル建てにして儲けてりゃ済む話じゃないか。それは株だって同じだよ。

株屋がすすめた銘柄なら、株屋が買えばいいんだよ。それをしないのは、連中がリスクを負ってまで株をやるのがいかに危険かをわかってるからだ。君は株屋の本質ってものがわかっとらんのだよ。株の取引きで利鞘を得ることには何ひとつ正当なものなんかないんだから。

優良な企業があって、その企業が成長することを君が応援し、買った株の価値が上がって、君も利益を得るのなら、それは認めていいが、新製品が出るらしいから株が上がるぞ、一気に買えじゃ、情報だけで金を得るって話で、君は何ひとつしとらんだろう。そんなことで金を得てどうするんだ。他人の話や、訳のわからぬ数字を見て一喜一憂する暮らしほどつまらんもんはないよ。株が暴落した時、補塡というのがあるのを知っとるね。大暴落になれば、君たちクラスの投資家は全員切り捨てられる。

商いの始末をつけるのに、〝切り捨て〟という行為が平然と行なわれる商いは悪徳商い以外の何ものでもないんだ。

銀行家、株屋、投資家……。連中の顔をよくよく見てみろ。大半はまともな顔はしとらんよ。

地道に働けとは言わん。そりゃ仕事にはチャレンジも、勝負に打って出ることも不可欠なことだ。けど他人からうまい汁を吸うようなしくみになっとる今の金融に、君の汗水流した金を使うのは愚行だよ。なまじ小銭があるからつまらんことを考えるんだよ。現金にして銀座のクラブでも行きなさい。

Q

今の世界経済の混乱ぶりを見ていると、人類は産業革命より前の、晴耕雨読の生活に戻るべきではないかと思う私です。何度痛い目を見ても人間は一度手にした文明を捨てることはできないのでしょうか。先生はどう思いますか？（44歳・女・主婦）

A

人類は産業革命以前の〝晴耕雨読〟の生活に戻るべきではないか？　奥さんが、この考えをどこで得たのかは知らんが、奥さんはもう少し歴史をきちんと勉強し直さんといかんね。

ヨーロッパで起こった産業革命以前に、彼の地で〝晴耕雨読〟なんて暮らしを誰一人してはおらんのだよ。

ヨーロッパではほんの二百年前までは半分以上の人々が生きて行くのがやっとの生活で、その上、飢饉・疫病でもあれば一度に何千、何万人の人が死ぬことをくり返していたんだよ。

それ以前は王または領主と教会が国土と民のすべてをおさめて民に自由などなかったんだ。

その王と教会がしたことを言えば、百年に一度、政権奪回、布教という名目で、侵略、虐殺をくり返しておったんだよ。

ヨーロッパ人の血は野蛮そのものだったのだから。

それを変革できたのは産業革命だけではなく、市民革命によって階級への闘争に目覚めたからだよ。それがやがて近代にむかい、愚かな戦争をくり返した後、今の現代社会があるんだよ。

ブリューゲルの絵画などを見ると農民の生活を楽しく描いてあるが、それはいっときのことだ。彼等の喜びさえ重税の下にあったのだぜ。それにヨーロッパの民の大半は文字が読めなかったのだから〝晴耕雨読〟なんてアホみたいなことはないの。

君の言いたいことが、現代社会が今のように経済中心で国家が一喜一憂していることに対しての不安や不満なら、私にも君の気持ちがよくわかるよ。数カ月前からアメリカでひろがっている〝ウォール街の人々〟を糾弾するデモの動きが、〝99％対1％〟と呼ばれる、国の富の四割以上が1％の人々に与えられ、彼等の税率が残る99％の人々と同じ、もしくはそれ以下になっている制度を排そうとしているのも、その象徴だろう。しかし現実はそのデモをする人、同意見の人々をテレビ、ラジオのニュース・キャスターや上下院の議員のトップが、ヒットラーのような国と民主主義を破壊する連中だと罵倒しているのが今のアメリカだ。何が民主主義の国だと思うね。

それでもこの流れは止まらないだろうね。正論がどっちにあるかは子供が見てもわかるからね。それでもアメリカの1％の連中は本気でもう一度〝リーマンショック〟の原因の魅力ある投機商品を作ろうとしているんだぜ。金というものは本気で人間と悪魔の手をつながせるものだ。

じゃ日本はどうするか。今、ＥＵでギリシャや、スペインや、イタリアまでおかしいと言っていて、日本がまだどうにか持ちこたえているのはこの国の企業力と国民一人一人に貯蓄能力があったからだ。投機だけの、金が金を生む利益は正当でないとわかっているからだ。

一度手にした文明を捨てることができないか？

奥さん、スゴイ話だね。

それは文明の只中にいる人々にはできません。しかし歴史を学べばそれもわかる。作家の武田泰淳は三千年の歴史を持つ中国という国家が一晩で崩壊する現場にいて、文明とはこれほど脆《もろ》いものかと語っておったもの。それはその文明の外からやって来たものに滅ぼされ、多くの犠牲をともなうことだけどね。

日本人はどうするか？　父さんしっかり働いてね、と言うしかないし、晩酌も少し張り込んで、国産品を買って、子供に贅沢させないで、しっかり教育して、きちんとした政治家を選ぶことだね。

ただ言っとくけどヨーロッパがコケルと必ず日本に余波は来るよ。マスコミもあることないこと書いて不安をかきたてる。その時にしっかりすることだ。

それにしても経済の話というのは面倒というか、言葉を多く必要とする分だけ、政治と一緒で贋《にせ》モノが多いということだ。

Q

先生はよく「働かずに利益を出す株屋や金融屋はオカシイ」とおっしゃいますが、賭け事に縁が無い私には、先生がお好きなギャンブルも「働かずに利益を得る」行為に思えてしまうのです……。ギャンブルと、株投資、金融投資の違いってどこにあるのでしょうか？（34歳・女・会社員）

A

あなた、ギャンブルがまったくわかってないようなので教えておくが、

〝ギャンブルで蔵を建てた人はいない〟という諺があるの。

ギャンブルで儲かるなんて信じて、馬券、車券、舟券を買ってる人はほとんどいないんだよ。負けるとわかっていて賭けてるのが真実なの。

――じゃなぜ賭けるか？

それはね。

——勝つかもしれない。

と幻想を抱いてるから。さらに言えば少し勝ったことがあって、それが忘れられないでいるの。パチンコ、スロットに嵌まってる人の大半がそうでしょう。皆共通して口にするのは

「十万円勝ったことがあってね。先週も二万円勝ってね……」

ところが毎日負けてることは頭から消えちまってる。そのトータルも出そうとしない。

朝起きて、少し金があれば、勝った時の記憶ばかりが頭を横切って、いそいそ出かけるわけだ。

でもねギャンブルを長く続ける人は皆よく働いてるの。ギャンブルで身を持ち崩す人は仕事を放り出し、借金までして賭場に出かけてるの。

言っとくけどギャンブルが日本で一番強い人は、日本で一番の三流ってことなの。当人（私と違うよ）が言ってるんだから。

Q

最近、年金が破綻するとか支給が遅れるとかで、40、50の大人が騒いでるがいい加減にしろと言いたい。私は今でも八百屋を経営し、毎朝店頭に立ち、野菜を売って生計を立てている。平均寿命は80にもなるのに、なぜ皆早々と働くのを辞めるのか？　先生のご意見を伺いたい。（72歳・男・自営業）

A

八百屋のオッサン、あんたが正しい。

あんたみたいな店で白菜、大根を買ったらさぞ美味しいだろうね。

イイ顔をしてるんだろうね。

たぶん私の想像だけど、或る人たちからはずいぶん煙たがられてるだろうナ。しかしそれが大人の男というものだ。

先の話とも共通するけど、オッサンの言うとおり自立して生きているかどうかが肝心なんだナ。

だいたい皆60歳、70歳で仕事を退《や》めすぎるよ。

〝働かざる者喰うべからず〟というじゃないか。働かないで年金に頼るからおかしくなるんだよ。

人間は人に頼らず、己のやってきたことで人生をまっとうするべきだと思うよ。静

オッサン、立派、大統領！

男はすべて面倒を見ればそれでいいの

Q

一夜だけ、お店のフィリピン女性と関係をもってしまいました。先日、本国へ戻った彼女から「妊娠した。責任をとってほしい」と連絡がありました。妻にはまだ白状できていません。こういう場合の、男としての身の振り方を教えてください。（34歳・男・会社員）

A

34歳、会社員よ。
パブだか、クラブで、一夜だけ関係持った女性に子供ができたって？
一夜だろうが、百夜連続だろうが、関係ないだろうよ。

フィリッピン女性って何だよ。フランス人女性じゃ、意味合いがかわってくるのかよ。

君ね。フィリッピン全国民に失礼だろう。こんなこと相談することじゃないだろう。

男は女をまたいで子供ができたと言われればすべて面倒を見れば、それでいいの。大金を出せって言ってるんじゃないぞ。ともかく自分の下半身でやったことは、全身でケアーするのは当たり前のことなの。妻に白状するか？　その白状って発想が違ってるの。言う必要なんかないって。すぐに認知してやって、仕事が終った後の夜どこかで働くとか、土、日曜はアルバイト行くとかして、ドンドン金を送る。イイ思いしたんだから。一晩のことでも半生を使ってやんないと。

「恰好良過ぎません？」

誰だ、今の声は？

作家が恰好つけなきゃ、誰がつけるんだ。

Q

17歳年下の彼からプロポーズされています。私は50も過ぎ、子供もひとり立ちしています。ただ、結婚しても子供が持てない年齢のため、彼のご両親やお身内に申し訳なく、ここは身を引くべきかと思っているのですが。先生のご意見をお伺いしたく存じます。（51歳・女・自営業）

A

51歳のあなたが34歳の男性からプロポーズされて、結婚を受けるべきか、相手の両親を思って身を引くべきか悩んでるのか？

何を悩む必要があるの？

一緒になればいいじゃないか。

一生懸命に二人で生きていけば、あなたが100歳の時には相手は83歳の爺さんだぜ。そん時は歳の差も、へったくれもなくなってしまってるから。

あなたは自分が早くに老いることが心配なんじゃないのか？

そんなことはないって。好きな人と一緒に暮らして、相手にイイ仕事をしてもらい、いつまでも元気にいてもらおうと思えば、あなたもいつまでも若くいられるから。そういうもんだよ。

私の考えでは、人間が〝老いる〟ってことはないと思ってるんだナ。人間が〝老いる〟のは、死ぬ直前のことだよ。それまでは生きてる。生きてるってことは活きてると同じこと。精神が活き活きしていればそれで充分だと思うぜ。そりゃ物も忘れるし、坂道を歩けば時間もかかる。そのことと〝老い〟は違うんだ。

ほら、坊さんっていつまでも元気なのが多いだろう。勿論、〝悪い奴ほど長生きする〟って言葉のとおり、悪い坊主の割合いは、一般人の悪たれよりも多いんだろうが、坊さんが若いのは〝老い〟が頭の中にないからだよ。

今日はイイコトあるぞ、って、楽観的に生きられれば、それが一番イイだろうナ。世間でよく言うんだが、周囲に少し反対する人がいるくらいではじまった夫婦の方が上手く行くことが多いから。良縁、お似合いなんてのは、初日からおかしくなるのが多いから。

取り敢えず一年、次が三年とやってってたらどうなの？

Q

初孫は言葉を話し始めたばかりで、「目に入れても痛くない」ほどのかわいらしさです。先日、おもちゃや服をどっさりプレゼントしたら、娘夫婦に「教育上よくない」と叱られました。孫を甘やかすのはやっぱりいけないでしょうか。（57歳・女）

A

イケマセン。

子供に必要以上に物を与えるのは阿呆を作るようなものです。子供がまず身体で覚えなくてはならないのは、人からぶたれたら痛いということ。つまり人をぶったら、相手も痛いということ。他人の痛みがわかる子供に教え込んだら子供の教育の半分は完了と私は思っとる。

次は、何も食べないと、食べさせてもらわないと、腹が空いて、ひもじいし、寒いし、辛いことを身体で覚えさせること。自分で食べるものを得る力、自立のはじまりだよ。

服をどっさりプレゼントした？

オバアチャン、あなたが子供の時、裸同然で暮らしたからって、孫にそんなことしたらイケマセン。冬の日に薄い服を着させて外を歩かすくらいのことをさせないと。

オモチャを山ほど買ってやった？

そういう子供がオモチャにすぐにあきて放り投げたり、友だちの持ってるオモチャが欲しいと泣いたりするバカな子になるんでしょう。

オバアチャン、オモチャの恨みを知らんのかね。放り投げられたり、捨てられたオモチャは、その少女のことをずっと覚えてるんだぜ。嘘でしょうって？　本当です。

そういう少女が大人になった時、男たちからオモチャにされるんです。オモチャをナメたらえらいことになりまっせ。

Q

風俗店を経営している者ですが、悩みがあります。若い客が来ないのです。お客は40歳以上がほとんど。年金支給日ともなると、待合室はお爺ちゃんだらけです。これって若者の草食化のせいですかね。何とか若い男を呼び込む方法はないでしょうか。（47歳・男・ソープ経営）

A

社長は何もわかってないね。遊廓があった時代から、女のいる遊び場の客の中心は年を喰った男たちなの。若い客なんかいたためしがないの。お爺ちゃんに色気があるってのはその国の人間力じゃないか。若い男なんて金は持ってないし、青臭いし、薄情だし、店のためになんにもならないって。それよりお爺ちゃんにもっとサービスして。

Q

熟女系の風俗店にどっぷりハマっている私ですが、先日新しくできた店に入ってみると、なんと店のパネルに母親の写真がありました。しかもナンバー1でした。なぜそんな所で働いているのか尋ねたいのですが、うまく切り出せません。どうすればよいでしょうか……。（26歳・男・会社員）

A

26歳のサラリーマン君よ。

それ、本当なんだね？

もしそうだとしたら、君のお母さん、たいした女性だよ。立派だよ。

その上、店でナンバー1だろう。

どんな仕事、職場であれ、一番になるということは大変だよ。お母さんもサービス、テクニックに関して努力をしたんだと思うよ。しかし息子も熟女系の風俗店にどっぷりはまってるんだから、そりゃもう血だね。立派な血統だよ。その店で血統書か何か出してもらったらいいよ。

なぜお母さんがそんな所で働いているのか尋ねたいって？

君ね、自分が通っていて、〝そんな所〟って言い方はないだろう。わしは風俗に通う客にも働いている女性にも好感持ってるよ。

客には、まあせいぜい通えよ、としか言わんが、風俗嬢には、ガンバレ、何か辛いことあったら一緒に飲んでやるぜ。わしも辛いし君も辛いけど、辛い同士で小皿叩いてチャンチキオケサしようぜってネ。

話が逸れたナ。お母さんがその店で働いているのは、君がそういう店にはまってるのと理由は同じだ。血だ。血ですよ。立派な家系じゃないか。

君の身体の中にはお母さんの血が濃く入り込んでいるのかもしれんナ。

どういう類の血ですかって？

そりゃ決ってるだろう。快楽に対する潔さと、生きるために何でもしようという覚悟、姿勢だよ。

何？　わしはいつも風俗関係に甘過ぎはしないかって？

わしはエリートが選んだ職業より、風俗、飲食、サービス業などの（作家なんてそのひとつだよ）、つまり世相を反映する職業に従事している人間の方がいとおしく思えるからだよ。そういう人間の方が信用できるって。

でも君、お母さんを指名したりしてはあかんぞ。そこまでいくと、わしも相談のされようがないから……。何事もほどほどだからね。

Q

麻雀を始めましたが、どうも危険牌を見抜くセンスが無く、先輩たちのいいカモにされています。先生に麻雀必勝法を教えてもらって、先輩たちをギャフンと言わせたいです！（23歳・男・会社員）

A

今のままでいなさい。

誰か負ける人がいないと対人のギャンブルは成立しないの。危険牌を見抜く力がない？　そんなもの見抜かなくていいから一生懸命仕事して、夕方になったら雀荘に直行。場数をこなしてれば強くなるから。

よく雀荘のトイレで〝まける人のおかげで勝てるんだよなあ〟という箴言集《しんげんしゅう》みたいな言葉を見たけど、それとは違うからな。わし、こういう、それが人間なんだな、などという言い方、大嫌いだから。ギャンブルで納得できるもんは何ひとつないし、人生の役に立つこともまったくないから。だから面白いんだよ。ギャンブルは続けることだよ。

Q

三度の飯より競馬好き。でもスポーツ紙の情報を読んでは何十点も買ってしまい、結局儲からないことがよくあります。どうしたら勝負強くなれるか教えてほしい。（20歳・男・学生）

A

三度の飯よりギャンブルが好き？

そりゃそうだろう。飯なんか食べるより女といちゃついているよりギャンブルの方が面白いに決まっている。

種目は競馬か？

いいよナ、競馬は。まぶしいターフ。美しいサラブレッド。競馬場に行けば、そこに集まってるのが全員君と同じアホ。たまらんわな。競馬場に行けば、全員、目的が同じってところが、これこそが天国だわナ。

3連単かね？　的中すると配当もいいし、一発で逆転だものな。たまらんわナ。

ほとんど的中しない？　そんなことはないだろう。十二月初めの商店街の福引きじゃないんだから。中身が二等と三等しか入ってないのとは訳が違うだろう。あの馬券発売機の中は的中馬券も印刷できるようになっとるのだから。君がそれをわざわざはずして買ってるだけだろう。

スポーツ新聞の情報やら予想を読んで買っている？

それじゃ百年やっても的中せんよ。あれを作ってる記者連中は全員借金だらけの貧乏人だぜ。その連中が出す予想を買うなんて、そりゃ金をドブに捨ててるようなものだ。

たまに当たる？　アホか！　そりゃ負け越しの哲学だろう。

まず確率論をやめること。こまかい情報に左右されない。流れに逆らわない。荒れる日は荒れる目を追う。もうそろそろ固いのが来るという発想が一番愚かなことだ。ギャンブルは生きものだから、その日に出た流れは易々とはかわらない。

一番大事なのは勝ちパターンの確立。何十点買ってもかまわないが、狙い目が外れた時にセーフの馬券を抑える発想はダメ。ギャンブルというのは血を出すことで骨を拾うことだから、安全パイをいっさい捨てろ。

勝負強さを作るのは肉を切らせた回数と、その時、平然としていられる精神だわナ。

それでも負けるって？　そりゃ才能ないんだよ。

手芸教室かどこかへ行け！

静

全裸で野山を駆けなさい

Q

サラリーマン生活に疲れてくると、僕はふと「野性に帰りたい！」という衝動を抑えられなくなることがあります。休日は手ごろな洞窟で野宿をしてみたり、焚火で野草を煮て食べたりすることでリフレッシュします。友人は「お前は変だ」と言うけれど、男なら誰でも持っている感情だと思いませんか？（28歳・男・会社員）

A

君、イイネエ。
わしは君みたいな若者を待ってたんだよ。

サラリーマン生活に疲れてくると、ふと「野性に帰りたい」衝動ですか。最高じゃないの。でもふとじゃなくて、本音は、洞窟で野宿、野草を煮て食べることが主軸なんだろう？　隠さなくていいよ。

わしの同級生に、君とそっくりな男がいて、そいつは大手の会社の組合の書記長までやってたんだが、或る時、野性に目覚めたらしいんだ。奥さんがわしの所に相談に来てね、主人が春先からおかしな行動してるって言うんだ。どうしたの？と訊くと、週末になると山の中に入って暮らしてるんだ、とね。別荘でも建てたの？　と言ったら、いいえ、別荘なんかありません。洞穴や茂みの中で寝てるらしいんです。そして……、と言いにくそうにするので、どうしたの？　とさらに訊くと、主人はどうも裸同然で山の中を歩いてるらしいんです、と言われた時はわしもビックリしたよ。けどそりゃ奥さん、気持ち良さそうだね、と笑ったら、どこがですか？　と冷たい目で見られてね。奥さん、まあ人はいろいろだから原始人と結婚したと思って許してやりなさいよ、と助言した。すると奥さんが、夏に主人が長男を山に連れて行って、長男が身体中傷だらけで泣いて帰って来た、と泣くんだな。なるほど長男もいい経験しましたね、と言ったら、それ以来わしの所には来なくなったよ。

それで気になって同級生に逢いに行ったんだ。以前より血色が良くてね。元気そうだな、と言ったら、週末、鍛えているからな、と嬉しそうだった。長男は元気か、と訊いたら平然と言ったよ。

「たぶんあいつは俺の子供じゃない。俺の血が入ってない」

野性の勘だね。感動したね。

だから君のしていること、少しも変じゃないし。むしろ誉めたたえられる行動だよ。

男なら誰でも持ってる感情かって？　そりゃ違うだろう。でも心配はいらん。君はターザンなんだから。

どうだい？　君もこれからは全裸で野山を駆けたら。

忠告をひとつ。猟銃には気を付けてな。

Q

定年後からドッと老けこみ、体力も落ちました。老眼も進み、モノ忘れも激しくなる自分に絶望します。先生のような若々しさを保つにはどうすればいいでしょうか。（67歳・男・無職）

A

それはあなたいい方法がありますよ。

明日の朝、早く起きて、山の中に入りなさい。山奥に行ったら、衣服をすべて脱いで、手頃な木を見つけて登りなさい。そして蔓《つる》か何かがあったら、それをつかんで思いっ切り飛び出して、むかいの木に移りなさい。その時、大声で、アッアアと叫びなさい。

老眼もすぐ治るし、モノ忘れしようにも、そこには覚えなくちゃならないものは何ひとつないから。

老けるも、若々しいも、ありゃしない。あなたが王者だから。

どの辺りの山がいいかって？　どこだっていいよ。道を少し外れて、ともかく人の気配のしない方にどんどん歩けばいいよ。

Q

何かと飽きっぽい性格で困ってます。家はエレクトーン、ルームランナー、スノーボード、油絵セットなど、どれも途中で放り出した道具で一杯です。どうすれば一生続く趣味って見つかるんでしょうか。（28歳・女・家事手伝い）

A

一生続く趣味を見つけたい？　28歳の女性か……。君ね。いい方法があるよ。

明日の朝、早く起きて、山に行きなさい。

そうしてどんどん歩いて行って、人の気配がしなくなったら、そこで衣服をすべて脱ぎなさい。近くにせせらぎの音が聞こえたら、そこにむかって進むんだ。運が良ければ、そこに滝があるよ。まずは滝壺にドボーンと飛び込む。水着がずれたりする心配もいらないから気分は最高だって。そうしてひと泳ぎして身体も綺麗になったら、滝の上まで登るんだ。そうして適当な岩を見つけたら、そこに全裸で立って、足を開いて、よく踏ん張って、両手を口にそえて、思いっ切り叫ぶんだよ。

アッアア。

ほどなく28歳の原始人と、67歳の原始人が君をめがけて山の中を疾走してくるよ。あとはもう野性の蜜の味だよ。これ以上の趣味はないよ。

くれぐれも人の気配のない所だよ。
市民プールで全裸、絶叫は捕まるからね。

静

人生の大切な時の言葉は、借り物ではダメだよ

Q

親友がガンで入院しました。二度目の入院で、もう先も長くないと、本人もわかっているようです。お見舞いに行ってやりたいのですが、どう接していいかもわかりません。僕は彼に何と声をかけてやるのがよいのでしょうか。(39歳・男・会社員)

A

友人がガンを患って、様子がかなり悪いか。それで君は今、39歳か。これから先友人だけでなく、家族、親戚を含めてこういうケースは増えるぞ。

見舞いに行ってどう接したらいいかって？

その前に、治療の邪魔にならないこと、相手の病状を把握しておくことだ。そして面会ができて、相手も君が来るのを待っているなら、ともかく見舞いに行くことだ。

その時、いくつかの注意点がある。

・食事時は避ける。

・起床直後、就寝前は避ける。

・急に病状が悪くなることを考慮して出かける。よくこれがあるんだ。

急な事態をのぞけば、見舞いの時間はおのずから週末の午後の数時間になるはずだ。

そうしてこれが肝心だが、見舞う時間は短く、最小限にする。お茶のもてなしも前もって断る。気分としてはドアから顔をのぞかせて、ヨオッと笑うくらいがいいんだ。さらに言えば、見舞いに行かなくて済むなら、その方がいい。

じゃ見舞いじゃなくて、花か何かを送ろうとする時には、相手の年齢、その折の立場、状況を考えて、花よりも何人かと相談して一緒に金を包む方がよろしい。無粋と思われようが、治療というものには金がかかる。

さて見舞いに行ったとして、相手も死を承知している雰囲気があるとしたら、何と声をかけるか？

君ね。人生の大切な時の言葉を、人からの借り物で口にしてはダメだよ。自分のこころから出て来るものを口にすればいいんだよ。私はこころが通じ合っている仲なら何も言わなくともいいと思うよ。ただ泣くのはよした方がいい。涙は何の解決にもならないからね。

Q

要介護5の母を施設に預けています。最近、近所の目が私を非難しているように思えます。割り切るしかないのでしょうか。（48歳・男・会社員）

A

母上を介護施設に預けた？

そんな人は日本にゴマンといるよ。いろんな事情でそうするしかなかったら、それはしかたのないことだよ。たとえば、介護する人なしで家で一人にしておいたら階段で足を踏みはずして骨折したり、風呂場で転んで湯舟で溺死したって話も聞くもの。人間が生きていくということは誰かが耐えなくてはならないことが世の中にはあるし、母上に長く生きてもらいたいなら合理的に考えなきゃならんことは大人になったらたくさんあるよ。

近所の目？　その前に考えるべきことは君自身が母上に介護施設に入ってもらうにあたって、母上の入りたくないという感情がわかったとか、さらに言えば君がそうさせたくないという気持ちがあったなら、それをまずきちんと整理しなきゃいかんよ。その気持ちが他人の目が自分を非難している目に見えさせているんだから。

さまざまな病気をかかえている場合、たとえばもう一人で食事を摂ることもかなわないとか、一人にしておくと徘徊《はいかい》してしまうとか、それは病気なのだから、介護というより入院をさせたと考えるべきだ。そのことで妻までが倒れそうなケースもあるだろう。これは非情でもなんでもない。それはしかたないことだよ。

家族はともに暮らした方が、それはいいに決ってる。そのために昔の家長は最善をつくしたんだから。君が大人になるまであらゆることから君を守り、懸命に育ててくれた母上なんだから、なるたけともに暮らしていける方向にすべきだよ。

ただ逆のケースを挙げると、母上なり父上の方から、もう迷惑をかけたくないと自らすすんで施設に入る場合もあるんだ。息子は泣いて見送ったという話も聞くぜ。

さてそこで最後にもうひとつ。君がやがてそういう立場になることが近い将来必ずやってくる。思っているより早いよ。その時、子供には迷惑をかけないときちんと決めておくことが大事だ。人の世話にはなるたけならない。ましてや子供の足手まといにだけはならないと決めて、今日から生きることだ。

Q

77歳の父が、ガンで入院しています。本人の生きる意欲が続く限りできるだけの治療をと思っていますが、抗ガン剤の副作用で、日に日に弱っていく姿を見ていると、治療を中止して安らかに余生を過ごしてもらう、という選択肢も頭の中に芽生えます。一体どうしたらいいでしょう。（48歳・男・会社員）

A

ガンと言われても私は医者じゃないし、今や人の顔と同じくらいガンの症状は千差万別だからね。しかし苦しんどるのになぜそこまで薬を投与するの。医者が治るからと言っとるの？

日に日に弱って行っとるならやめればいいじゃないの。父上が希望しとるの？それならしょうがないが、そうじゃないなら、七、八割方治癒すると言われるくらいじゃないと、苦しいことさせん方がいいよ。常識でしょう。

人間だけだよ。歳を取ってからも治療や薬で痛いの、苦しいのを我慢して身体がボロボロになって死ぬ動物は。

治療を中止して安らかに余生って言うけどねえ君。ガンだったら安らかに余生は送れんぜ。痛みがあるもの。まずはその痛みをいかに緩和させてあげるかを担当医師か、緩和ケアの専門家とじっくり相談しないと。

私の父親はガンも含めて、さまざまな病気を併発し、九十一歳の春に亡くなったが、七十九歳だったと思うが、それまでの治療法をいっさいかえて、薬でガンと戦うのはやめた。それを決めたのは父と母の二人で話し合ってのことだと担当医が私に話したが、そうじゃない。私の父が自分の生命のことで母親に相談なんかするわけがない。

「わしはもう薬とか放射線とかに、わしの身体をいじらせるのはやめるぞ。わしが自分で判断して、我慢できなければまた病院へ行く」そんなことだったはずだ。

最後は定期の検診中に、母親が父親の足をさすっていて（これが母親の日課だった）、いい加減にさすっていたので、そろそろ怒り出すかと思っていたら、何も言わないので顔を覗くと、静かに息をひきとっていたそうだ。皆は大往生ですな、と葬儀で言ったが、後で解剖すると身体のあちこちが出血していて、「いや相当な痛みだったと思いますが、一言も痛いとおっしゃいませんでしたね」と。

そういうもんだよ、痛みも、人生も。

77歳が充分生きたかどうか、それは当人の問題で、歳を取ってから、病気になってから、一番イケナイのは当人が必要以上に生きることに執着することだ。それに周囲も、一日でも長く生きてもらいたいとか、生の尊厳とか、そう言えば恰好はいいが、私はそうは思わんな。一日の大半を痛みでのたうち回って苦しがっているのは、それは生きとるのと違うぜ。

一番いいのは父上に聞いてみることだ。

Q

研修医です。今日、僕が初めて担当した患者さんが永眠されました。医療に限界があることを改めて思い知らされました。声をあげて泣きました。これから先、たくさんの患者さんの死と向き合う自信がありません。（27歳・男・医者）

A

医者の出発は患者の死とむき合うことからはじまるの。

わしの主治医の先生は最初の患者が亡くなった時、何もできないから、その患者さんが作った童謡を病室で直立不動で歌ったんだと。

医療に限界があるんじゃなくて、医療とは最初っから限界を持っているものなんだ。医療に限らず、仕事というものは自分が無力だと知った時から、進歩がはじまるんだ。どんな仕事も限界を感じて、初めて仕事の本質を見つめられるものだ。

何ひとつできなかったじゃないか、という疑問を抱いた時から何かを人間ははじめるんと違うのか。

静

嘆の章

面白いってのは仕事じゃないって

かしこすぎるのは、かしこくない

Q

職場の同期が東大卒で、何かにつけ学歴を自慢するヤツなんです！　そいつにも腹が立つのですが、インテリ風情にいちいち苛立つこの性分もなんとかしたいです。どうすればいいでしょうか？（23歳・女・会社員）

A

いまどき東大出身なんてもんは何の役にも立たんだろう。全員がそうだとは言わんが、一番タチが悪いのは受験で並居る相手を蹴落してきとる、その手の実績によって、そいつの精神の中に、自分は他人よりすぐれとるという自意識と、それにともなう傲慢さが宿っとる連中だな。こういう輩、案外と多いんだよ。

傲慢さは当人が意識しようがしまいが必ずあるし、自分では見えない部分でエリート意識があらゆる行動にともなって露出する。

こうやって書いただけで気味悪い連中だろう。勿論いい奴もいる。ワシの編集担当者でも何人もいるわナ。その連中を見ていて東大出身者はバカの集まりじゃないのかとこれまでも何度も思った（まあいい意味のバカだけどね）。東大でも他の大学でもかまわんが、そんな出身大学で人のすべてを判断する組織はすべておかしくなっとるだろう。そのいい例が、官僚、役人たちだろう。日本の国の歴史で何百という政権が誕生し、役人がさまざまなかたちで存在してきたが、二十一世紀の今の状態ほど悪い形態になっとるのは前例を見ないはずだ。

君が頭に来てる相手が男の子か女の子かわからないが、そんな奴、相手にするなよ。

勉強が出来るだけで世の中が自分を認めてくれるはずだと思っているのは相当に程度が悪いんだから放っとけ。

私の姪っ子が十年くらい前に、ＳＥＩ－ＳＩＮとかいうお嬢さんの大学を卒業した年に東大を受験して入学した。

その時、ワシは一応言ったんだ。

「君、本物の男とは結婚できんかもしれないぞ」

「えっ、どうして？」

「そりゃ今から生きてみりゃわかる」

男も女もかしこすぎるのは、かしこくないということだ。

Q

仕事で大きなプロジェクトを任されることになりました。でも、まだ僕には何のノウハウもないし、自信も全くありません……。大仕事に向かうための意気込みというものを教えてください。（25歳・男・会社員）

A

大きなプロジェクトを任されたのか？

それはおめでとう。

その仕事をやり切るノウハウが君にはないって？

当り前じゃないか。君はまだ25歳だろう。その仕事をまかせた上司はそんなことは百も承知だよ。

なのになぜ？　君が選ばれたか。

それは君に新しい、今までにない可能性を見たからだろう。

上司だって、そんなバカじゃない。失敗することも、あらかじめ承知で君に任せたのさ。

ではひとつのことを成し得る時の助言を少ししておこう。

どんな仕事も、社会の中に最初から存在していたわけじゃない。先駆者がいた。先駆者もたぶん不安だったろう。それでも彼がそれを成し得たのは、勇気があったからだ。この仕事を成し得たら、きっと会社を、誰かをゆたかにすることができると信じたからだ。信じることが、勇気だ。

次に新しいことをしようと思ったら失敗をおそれないことだ。不安を顔に出すな。そして最後にスタッフ、仲間を信じることだ。任されたなら何倍も汗を流せ。それで失敗したら？　一からやり直せばいい。若いということはそれが許される。

Q

五年間ひきこもり状態だった私ですが、被災地の惨状をテレビで見て、勇気を出して二ヶ月間、宮城でボランティアをしてきました。ところが自宅に戻り仕事を探し始めると、不採用通知の連続……。早くも自信を喪失しています。やはり人間って、そうすぐに変われるものではないのでしょうか。（30歳・男・無職）

Ⓐ

よく決心して被災地に行ったね。

大変だったろう……。

それでボランティアか？　戻って仕事を探しだしたら、不採用通知ばかりなの？

どういう職場に採用試験を受けに行ったのかね。職業安定所（今はハローワークか。なんだろね、この日本語）か何かなんだろうけど、言っとくけど、ああいう所で自分の生涯の仕事を見つけられる人は千人、一万人に一人だと思うぜ。

五年間ひきこもりだったんだろう。それって学校を出てからも、ほとんど社会を知らない状態だから、まず社会とは何かを君が学ばんといかんよ。

社会というものは、人間がよりよく生きるためになくてはならないものを、大人の男なり女なりが働くことで、きちんと提供することで成立している集合体なの。米は農夫が一生懸命に働いて、わしらの食卓にくるだろう。魚は荒海に漁師が出て行って、マグロなりを口にできるだろう。酒も何年も美味しいものを目指して造ってくれているから美味いんだよ。家一軒建てるのにも何百種の会社がかかわってる。

車一台もそうだ。今、外を歩けばほとんどすべてのものは人間が力を合わせて築いてきたものだ。何の職業でも必ずそこに他人のため、社会のためという基本があるんだ。それがない労働は真の労働じゃないからね。それを踏まえて自分は何の仕事だったら懸命にやれるかを真剣に考えなきゃ。そうしてこれだと思ったら、正社員じゃなくてもイイし、鮨屋の見習いでもいいから、その仕事が何なのかがわかるまでやらないと。

まずは外に出て歩き続けることだ。〝犬も歩けば棒に当たる〟と言うだろう。わしだって自分の仕事を見つけるために十五年くらい歩いたんだから。君が歩くのは当然だよ。

媚びてみちゃどうだ？　イヤか？

Q

オジさん転がしがうまい同期は上司にかわいがられていて、面白い仕事をどんどんふってもらっています。まわりに媚びるのが大嫌いな帰国子女の私は、最近、仕事を干され気味。本当に悔しくて仕方がないんですが。（32歳・女・会社員）

A

オジさん転がしだって？

なんのこっちゃ、それは。

オジさんは、そりゃちょっと太り気味のもいるが、ダルマじゃないんだから、転がしてどうすんの。

作家に相談事する時に、そういう日本語を使うなって言っているでしょうが。帰国子女だから、日本語の使い方がおかしいってのは理由にならないから。さらに言うと、私、外国人だからって、おかしな日本語を使ったり、話したりする連中をテレビやラジオに出すなって考えだから。外国人もきちんとした日本語を話さないと日本人に失礼です。ああいうのを面白がってテレビに出すのは、当人にも失礼だろう。

オジさん転がしじゃなくて、上司に取り入るのが上手いとか、上司に人気があるとしようか。

それは会社に勤める女の子としては大事なことだろう。

周りに媚びるのが嫌いって？

そこは職場だろう？　給料もらってんだろう？　媚びろとは言わんが、上司、先輩を少しは敬って、好意を持って接するのが常識だろう。

それで最近、仕事を干され気味？

会社は正しいんじゃないのか。それに君が媚びんのが大嫌いってのは（正確に言えば協調性がないってことだが）周囲はとっくにわかっとるのだよ。そういう人間に仕事はまかせんでしょう。

媚びてみちゃどうだ？　イヤか？

やめろ、会社。迷惑だろうよ。

最後にちょっと訊くが、その同期の女の子に面白い仕事がどんどん回ってくるって言うが、面白い仕事って何なのだ？　世の中に、そんな30歳そこそこの女子社員が面白がる仕事って本当にあるのかね。

さらに言うと、面白い仕事ってのは、仕事じゃないぜ。大学の研究所で好きな実験やってる学者とか研究者とかなら、面白いことやってるというのはわかるが、そういうのもほとんど仕事とは言わんからね。

わしゃ仕事が面白いと感じたことは一度もないぜ。面白いってのは、仕事じゃないって。

Q

北海道の田舎から就職で東京に出てきました。都会の空気の悪さや人の冷たさにすっかり参っています。でも、仕事は好きなので地元に戻りたくはありません。なんとかこの街を好きになる方法はないものでしょうか。（27歳・女・デザイン事務所勤務）

A

北海道から仕事がしたくて東京にやって来たが都会の空気が悪くて辛い？　北海道に比べたら、そりゃそうだろう。

空気も悪いが、都会の人間の冷たさに参っとるのか？　おネエちゃんはどこに住んでるのかね。近くに商店街とかないのかね。まさかマンションばかりの街にいるんじゃないの。

君は引越して来た時、近所の人に挨拶に行ったの？　菓子箱さげてまでと言わんが、隣り近所の人の顔は見てるの？　あそこは子供がまだちいさいとか、こっちはオバアさんが足元が悪くて孫が散歩に連れてってるとか、近所の人の顔や暮らしがわかってるのかな。

自分を中心に街を考えると、いつまでたっても会話は生まれんし、他の皆が君と同様に都会でガンバッテ生きとることもわからんよ。

街を好きになろうと思えば、まず近所を歩いてみることだ。上野、浅草、深川、板橋、足立、大田区の方にも結構いい所はあるぞ。だって同じ人間が住んどるんだもの。

高級住宅地や高級マンションのある区画はやめなさい。あそこに住んどるのは人間じゃないから。

ワシも東京のホテル暮しに気持ちがすさんでくると上野、浅草を夕刻から歩くんじゃ。軒下の朝顔や子供が走り抜けるのを見とるだけで気分がかわる。やはり君が北海道で見てきたものと同じ種類のものにふれることだ。それでもダメなら北海道に戻るのもいいよ。

Q

うちの営業部のマネージャーは、クライアントが言えば白いものを平気で黒と言い、それを私にも強要します。見ていて情けなくて。社内でも会社全体のシステムに起因するトラブルを部下のせいにして叱りつけたり、めちゃくちゃです。かなり限界にきてるんですけど……。

（25歳・男・会社員）

ようやく中間管理職になったのですが、部下というか、最近の若い社員に注意をする度に、「そんなの間違ってます」「それをいう前にここを改善すべきじゃないですか」と正論で返され、頭を抱えています。こんな時どう接したらいいんでしょうか。

（51歳・男・会社員）

〔先生、この二つの質問には同時に回答していただくのがよいと思います～編集部〕

Ⓐ

サラリーマンというか、勤め人はツライわな。営業部所属が、25歳にして会社の最前線で踏ん張っとるわけだわな。

ナニナニ、それでその営業部の上司が、クライアントが白いものを黒だと言えば、まったくもって黒です、と平然と言うわけだ。

そりゃ、君、その上司、マネージャーがしとることは普通のことだろう。

相手はお得意さんなんだろう？

お得意さんと言えば、王様、神サマ同然と違うのかね。クライアントあっての商いを君の会社はしていて、それが会社を成り立たせているなら、営業はそう対応するだろう。

もし仮に、いや、お客さん、それは白でしょう、と言って何か効果があるのかね？

私は君の会社が何を売っているのかは知らんが、客に対する忠誠心とか、誠意が商取引きの決め手になるのだったら、客の目になることは正当なことと違うのかね。

世の中、そんなことはゴマンとあるし、それがまかりとおっているのが大半の商取引きというものだよ。

資本主義社会の中で対等の商いというのはほとんど成立していないよ。それがあるとしたら会社が扱っている商品力に絶対の価値がある時だけだろう。君の会社にしかない商品である。他にはない商品力がある。

商品力は同じだが、他より断じて安い値段で提供できてる。

しかしそんな商品はそうそうあるわけがない。第一、そんな商品なら営業も必要ないだろう。黙ってても相手が買いに来るものな。

皆どこか似かよったり、相手の方が少し良かったりというのが商品であったり、システムだよ。それを売って利益を上げようと思ったら、やるべき努力はすべてやるのが営業でしょう。

白いもんを黒いと言ったくらい何ですか。明日から陽が昇らなくなるわけじゃあるまいし。それを言える上司は立派ですよ。

どうして立派かって？

あのね。白を黒と言った当人も、それは百も承知なの。わかっていて言ってるの。その人も君の年頃の時は、白を黒と言う上司を見て首もかしげたし、腹も立てたはずなの。

ならどうしてそうなったか？

世の中で何が肝心かを、その人が決めたということだよ。

妥協したんだろうって？

君ね、妥協なんて生やさしい言葉で、白を黒と人間が平然と言うと思ってるの。断じて、そんなことじゃない。

君は理不尽という言葉を知ってるかね？

理不尽こそが、世の中を、人間を学ぶ、最高の教科書なんだ。

理不尽と、不平等であふれているのが世間なんだ。

理不尽を前にして、平然とできるのが大人の男というものだ。その上司は妥協したのではなく理不尽を受け止めただけのことさ。

君もね、一度、言ってみるといいよ。白いものを目の前にして、これは黒だ、とね。

気持ちいいものかもしれんぜ。

社内でもトラブルもすべて部下のせいにしてしまう？

それと、白が黒の話はまるっきり違うことだろう。

ただね、世の中には、たとえ自分が間違っていても、その誤りを認めたがらない人は多いのよ。間違いを人のせいにする人もまたこれが案外と多いんだな。そういう人を見て育つと、これが将来、なかなかの上司になるのと、知らぬ間にそれを踏襲する上司のふたつのタイプに分れるんだな。そうして後者の方が多いのが世の中だ。本当ですかって？　じゃ君の周囲を見てごらんよ。なかなかの上司が何人いますか。友人にも訊いてごらん。

素晴らしい上司は少ないものだ。だがよく見ればそういう素晴らしいのはいるし、いなければ君がなればいいことだ。

このこととふたつ目の質問は共通するんだが、部下や若い女子社員に上司の君が、

「そんなの間違ってます」なんて言わせちゃいかんよ。
「そう言う前にここを改善すべきじゃないですか」なんて言わせないの。
平然として言うの。
「間違ってなどいない。君が間違っとる」
「それを言う前にだと？　私の言う言葉に前も後もあるか」とね。
それに上司の君が、〝正論〟なんて発想をしてはイカンよ。
理不尽で行きなさい。
「少々間違いだと思っててても言っていいんですかね？」
そりゃ君、間違いにもよるだろう。
それに君には信念があるんだろう。会社を良くして発展させようという。
えっ？　ないの？
ここまで話したのに、わしゃ怒るよ。

君は君の仕事をきちんとすればいい

Q

人事異動で係長に昇進したのがきっかけで、部下からの相談事が増ええました。ですが、十人十色の悩みに上手く答えられず、煮え切らない返事しかできません。逆に、こうでしょ？と言い返されました。このままだと頼りない上司だと思われてしまいそう。悩みにズバリと答えるためのコツはありますか？（35歳・男・会社員）

A

係長に昇進したのかね。おめでとう。
君が優秀なのか、会社に人材がいないのかわからんが、良かったね。

係長になった途端、部下から相談事を持ちかけられることが増えたって？

それが上手く対応できんというわけか。

人間は基本的に他人の相談事や悩み相談に適確な答えは出せんもんだぜ。

じゃ、なぜ私がこのコーナーをやってるかって？

この欄のこれまでの私の文章をよく読んでみなさい。意味のあること何も書いてないから。

じゃなぜ、読者でこの欄を読む人がいるかって？

人は悩みが好きなんや。自分だけじゃなくて、他人が悩んでる内容を聞いて、阿呆やな、こいつ十年前の自分と同じじゃや。あれっ、こんな失敗しでかしよったのか、世の中にはどん臭いのが多いものや。と、他人の悩みを知って愉しんどるだけだ。

このコーナーって、そういう欄だぜ。

小説の執筆で忙しい時に、どこの作家が、こんなバカみたいなこと書けますかいな。

私は知人なり後輩が悩みを相談してきたら、まず話をじっくり聞いて、それから相手の顔をまじまじと見るんだ。すると相手は何も言わない私にむかって言う。

「先輩、やはりマズイでしょうか。この状況って……」

「……」

それでも黙っとる。そうして静かに言う。

「君、何歳になったんだ。子供じゃないんだからそんなことくらい自分で解決せんかい！」

だから係長、言い返した部下は、怒鳴りつける。頼りない上司と思われないかって？　君は君の仕事をきちんとしておけばいいの。人の相談にのるほどバカな行為は他にないから。昔から言うでしょう。〝相談するアホ答えるアホ〟。そんな格言ないか。

じゃ今できたってことだ。

Q

私は女性管理職で上司は常務で役員です。どうも女が偉くなるのが気に食わないらしく、無視をしたり、会議の時間を勝手に変更されたり、嫌がらせをされます。前にも部下の女性に同様のことがあり、彼女は退職したそうです。こういう男性にはどう接すれば良いでしょうか？（52歳・女・会社員）

A

優秀な管理職のオネエさん。

大人の男はそんなにツマラナイのばかりじゃないから。

ただ男の嫉妬の方が、女の嫉妬よりキツイと言うけど、そりゃ本当かもしれんが、大半の男は君を認めて仕事をともにしていると思うぜ。

私の注意点をひとつ。

人間は男女関係なしに、自分が仕事ができるって思いはじめると、気付かないうちに自分を誉めるというか、私、仕事できるから、と自分を認めるこころが生まれる。それが微妙に態度に出る。当人は思ってなくとも、追い抜かれた者、ましてや男が女より偉いと思ってる連中には些細な仕草、口のきき方がそう見えてしまうんだ。

これが例になるかわからないが、テレビのキャスターで経済ニュースなんかをよく理解（してるかどうか知らんが）してる感じの女性がいて、顔も可愛いし、頭も良さそうなんだが、彼女がデスクの上に両肘を乗せて、相手の話を身を乗り出し気味に聞いて、ウン、ウンとうなずくような仕草をする。たぶんアメリカのニュース番組のキャスターの影響だと思うがナ。

――これをやんなきゃ、ほぼ八十点あるのにナ、とわしはいつも感じる。たぶんわし一人じゃないのは常識で、やはり日本人の女性には、日本人の女性キャスターのやり方があると思う。

仕草、所作というのは何百年かけて、母が娘に、娘が子供に教えてきたものだから。それを失うと実は肝心な〝日本の精神〟を失うことになると思うぜ。

Q

ゴルフ未経験者です。ときどき会社の先輩に「ゴルフに行かないか」と誘われるのですが、ゴルフクラブを揃えたり、会員権を買ったりと、何かとお金がかかるイメージがあり、尻ごみしてしまいます。ゴルフの魅力って何なんでしょう。（28歳・男・会社員）

A

仕事以外に何かの趣味を持つことは悪いことじゃないね。

それが身体を動かすことならなおいいんじゃないかな。身体を動かすってことなら別にスポーツじゃなくて、ピアノ、チェロとかを習っても結構身体を動かすしね。書なんてのも懸命にやればすぐ汗を掻くしね。

ゴルフは私も好きでコースに出るが、天気がイイと四季折々の花木も見ることができるし、空気も美味い。

道具に金をかける必要はないよ。新製品なんてメーカーが言うほど画期的なもんじゃないって。中古のクラブもたくさん売ってるし。

会員権を買う？　よしなさい。日本のゴルフの会員権の在り方は間違ってるから。ゴルフは懸命にやればやるほど、プレーの間はゴルフ以外のことは考えられないものだから、半日なり一日、仕事を忘れて、身体を動かすのはイイよ。シングルになりたいって？

よしなさい。性格のイイシングルプレーヤーなんか一人もいないから。

Q

メーカーで事務をやっている派遣社員です。正社員と変わらない仕事をしているのに給料は倍違うし、社員の飲み会とかには決して誘ってもらえません。すごく腹立たしいし、疎外感を感じています。（25歳・女・会社員）

A

気持ちはよくわかるね。けど君ね、正社員と非社員——派遣社員でもいいが、わしはこの言い方嫌いなんだ。道具の貸し出しみたいに聞こえて。派遣会社ってのが、そもそも道具屋に聞こえるしね。

そうじゃないって？　じゃ派遣会社の経営者に、私たちをどう思ってますか？って訊いてごらんよ。そりゃ大切な社員ですよって言うかもしれないが、内実は違うだろう。使えるうちは働いてもらえる労働力のひとつですよって思ってるのが正直なとこだろう。労働者じゃないからね。労働力だから。

〝口入れ屋〟だよ。君が籍を置いてるのは。しかも籍なんて、あってないがごとしだ。〝口入れ屋〟ってのは人間を口先で動かして利鞘《りざや》を懐に入れてる連中だ。

給料が倍違うんじゃなくて、口入れ屋が懐に入れてるの。社員の飲み会？　そんなとこに行く気が起こるのがおかしいよ。疎外感？

それ当たり前だよ。不当な報酬だと思うなら、世の中を目を大きく開けて、よく見て探しなさい。誠実で力量のある働き手を必要としている会社はいくらでもあるから。その辺りのつまらない会社の正社員を見ればわかるだろう。働かないのが半分以上なんだから。

Q

三重でコメ農家を営んでいます。先日の台風で、心をこめて育てた稲がやられてしまいました。収穫機や納屋も水没してダメになりました。友人は「まだ若いし土地を売って就職でもしたらどうだ」と言いますが、親からもらった田んぼを捨てるのは心苦しく、どうするか悩んでます。（29歳・男・農家）

A

コメ農家を営んでる29歳か。
先日の台風で稲がやられたか。
農機具も納屋も水没したか。
それで友人に「まだ若いし、土地を売って就職したらどうか」と言われたって？
君がそうしたきゃ、そうすりゃいい。君の人生だもの。
私の意見？
あるよ。君は親からもらった田んぼを捨てるのは心苦しい、と思ってるが、ひとつ違ってるところがある。それはもらったんじゃなくて受け継いだものだろう。

さらに言うとそこらの宅地を手放すんじゃないんだから。何百年と続いた日本人の耕地を手放してしまうことだろう。

農家をやめる前にひとつ考えるべきことがあるんじゃないか。

君が農耕を好きかどうかだ。


その仕事に誇りを持てるかどうかだ。

たかが一年台風でやられたからって、それで農耕は終るようなヤワな仕事じゃないだろう。君の親も、そのまた親も、皆同じ目に遭ってきている。これは間違いない。それでも農家を続けてきたのは、そこに他の仕事にはない喜び、誇りがあったからだと思うぜ。村の秋祭りの活気だって、そんな喜びと共にあったんだろう。他の仕事で、それを得られるとは思わんがナ。まあ君が選ぶことだ。墓参りでも行って来いよ。

Q

先生の潔い回答に、毎週スッキリしています。最近ははっきり物を言う人、あまりいませんよね。そんな私は、しょっちゅう自分の発言を振り返っては後悔してしまうタイプです。先生は「言わなきゃよかった」「やめときゃよかった」などと後悔することは無いんですか？（58歳・女・主婦）

A

わしに「言わなきゃよかった」とか、「やめときゃよかった」ってことがこれまでなかったかって？

あるに決ってるでしょう。〝言わずもがな〟という言葉のとおり、大人の男は黙っていた方がいいに決ってるよ。

じゃはっきり言わしてもらうけど、わしゃ自分のことで三日に一度は、ありゃマズかったなってのがあるんだから、本当は人の悩みなんか聞いてる場合じゃないの。

第一、編集部に来る相談事の大半は、ええ加減にせんかい、というのがほとんどなの。

最近、妻とのセックスが上手く行かないのですが、何かいい方法を教えて下さい、なんて、そんなこといちいち答えてたら、私自身の足元に火が点くことになるでしょう。

夫が酒ばっかり飲んで仕事をしません、なんてのに平気な顔して答えてたら、私が家に入れてもらえなくなるでしょう。

わしがどれだけ苦労して、バカな質問につき合ってるかわかっとんの？　静

悶の章

人生は残酷という瓦礫の上を歩くもんだ

恋愛は一目惚れが基本です

Q

笑われるかもしれませんが、初めて恋をしました。会社の懇親会で一度話しただけの8歳年下の女性なんですが、彼女のことが頭から離れません。独身のままここまで来て、この年になって一目惚れなんて、やっぱりヘンですか？（38歳・男・会社員）

A

そうか、ようやっと恋をしたかね？
38歳の独身。ヤモメか。良かったナ。
笑われるかもしれませんが、と君は言うが、そんなことはあるものか。
或る著名な学者がこう語っていた。

「この世の中で恋愛をすることほど馬鹿げたことはない。あんなことで一日中悩んだり、見えることのない相手のこころの内を、ああでもない、こうでもないと思ったり、熱病のように寝込んでしまう者もいる。あのようなことは人間の、人生のまったく無駄だ。恋をすることほど愚かな行為はない」

この話を聞いて、学者というのは人生の愉しみ、思いもかけぬ喜びをまったく知らないで死んで行く人種なのだと笑ってしまった。

ノーベル賞をもらった学者が自分の研究の話はしっかりできても、誰一人、この研究は恋人のためにやっただけで、賞に値するのはその人だとコメントしないのを見ると、ノーベル賞なんつうのはつまらないもんだ、と私などは思うわナ。

会社の懇親会で一度会って話しただけで、その女性に惚れたって？

イイネェ〜。最高じゃないか。

恋愛は一目惚れが基本です。

一発で感染するのが、恋愛という病いの、病いたるところだよ。

一目惚れ。よくやった。

一発感染だ。どうだ顔に斑点とか、イボイボはできてないか。
どうして一目惚れがいいのか？
それは君にしか見えないものを彼女の中に見つけた証拠だ。

行け、行け、GO! GO!

Q

今の彼女と結婚の約束をしており、盆休みに彼女の父親に挨拶をしに行くことになりました。どうもお義父さんは厳しい人らしく、小心者の僕は今から緊張しています。何かアドバイスを頂けませんでしょうか。（24歳・男・会社員）

A

君がどんなに好青年であろうと、娘を奪いに来る若者を喜んで迎える父親がいるわけないんだから、それを覚悟して挨拶に行くことだわナ。彼女が赤ん坊の時から可愛くてしかたなかったし、生きがい、働く甲斐そのものだったんだから。君を笑って迎えるのは、それは娘のためだけに決ってる。

訪ねるのはお盆か？　それじゃまず、玄関の敷居をまたぐ前に大声で、初めまして……と名前を名乗り、しっかり頭を下げて家に入るんだ。手土産品（安くてもかまわん）を持って行け。家に上がったらまず仏壇に手を合わせることができるように彼女に頼んでおけ。数珠も持って行っとけ。家というものは祖先から成り立っとるものだからな。両親の前で彼女を呼び捨てにしない。ましてや気易く手を握ったりしない。父親によっては手打ちにされるぞ。酒は必要以上に飲むな。必要以上にしゃべるな（バカがわかるからナ）。ともかく無口で誠実にしておけ。泊りなら、翌朝早く起きて庭くらい掃くんだな。

Q

奔放な女性と、清純な女性を見わける方法を教えて下さい。僕がこれまで「天使みたい」と思って付き合った女性は、一皮むけばみんな小悪魔で、浮気されたり、貢がされたりしたうえ、最後はこっぴどくフラれて終わるのです。（31歳・男・会社員）

A

女性というものは皆そんなもんでしょう。

相手が最初、天使に見えたのかね。

まずは眼科か、精神科に行った方がいいんだろうが、天使に見えたのは君の主観だから、そのことに関しては、すべて君に責任、原因があるわな。

それで一皮むけば、みんな小悪魔だったたって、小悪魔ならまだいいじゃないか。

鬼とかお化けじゃなかったんだから。

それ以前に、君ね。

一皮むいちゃイケマセンよ。

そんな相手の皮をむいてどうすんの。そりゃ怖いもんが隠れてるのは常識でしょう。

一皮むくなんてのは無謀だよ。

一肌だって脱いだら大変なことになるんだから。世の中、他人のために皮をむいたり、肌を脱いだりしちゃダメなの。

貢がされた？　貢がされたと思うから腹が立つんだよ。くれてやったと思やいいんだ。

浮気された？　浮気と思うから動揺するんだよ。放し飼いにしたって思やいいんだよ。牧場に春先行ってごらん。牛も、馬も、羊も、見さかいなしにくっついてるから。放し飼いと思いなさい。天使が牛、馬、羊にかわったと思やいいだけ。

Q

息子が「将来を考えている人を紹介したい」といってパートナーを家に連れてきたのですが……なんと男！　主人は怒って、以来息子と口をきかず、「お前の育て方が間違ってたんだ」と私まで責められています。世間の目もあって非常にとまどっているんですが、どうしたらいいのでしょうか。（45歳・女・主婦）

A

イイ息子さんじゃないか。

恋愛のかたちは千差万別って例だな。その息子さんにワシは敬意を表したいナ。

たしか以前、私たちの先輩女流作家に同じ体験があったのを聞いたことがあるナ。ホモセクシュアルはすでに社会できちんと認められ、祝福されとるんだから、それをご主人が「奥さんの教育のしかたが間違っている」と言うのはおかしいよ。

私の友人にもホモセクシュアルのカップルは何組もいるが、見ていて爽やかだし、むしろ男と女みたいにドロドロしてなくて羨ましく見えることがあるね。

お互いのことをとても尊重しているし、趣味やセンスのいい男が多いね。それは女性同士でもそうだナ。

世間の目が気になるって？

それは違うよ。これを機会に奥さんもご主人も新しい目を持つことだよ。新しい目から見えるものは想像以上にゆたかなものだったりするよ。

家族の気持ちを尊重するってことは口では簡単に言えるけど、実は敢えて自分に言い聞かせて、真に納得するまで考えてみなくちゃならん場合が多いんだ。

世間の目を見つめ直すことは、世間というものの本質を見直すことにもなる。

奥さんが考えているより、息子さんはきちんと考えて行動してるよ。

ご主人をどうするかって？

これは提案だが、四人でどこかに旅行にでも行ってみてはどうかね？

偏見なんてものが、どのくらいつまらないものかということを二人の笑顔や振る舞いが教えてくれるさ。

ここまでいろいろ言ってきたが、恋愛ってのは、出逢いってのは、人がこの世に生を受けた価値を証明するかなり程度のイイものだと私は思っている。

どんなかたちであれ、人との関係性こそが自分の生を見つめることができる唯一の方法だからね。

ほら歌にもあるでしょうが。

命短かし、恋せよ乙女——ってね。

私も四十数年前、たった一人の弟を17歳で海で遭難死させた時、葬儀が終って、ふと気がかりになったのは「恋愛をしてたのかナ」ってことだった。そうしたらたまたま出て来た弟の日記に、恋しい人のことが記されていて、若い死を見送らねばならなかった切ない気持ちが少し安らいだ覚えがある。

Q

これまで全くモテなかった僕にとって、今回が20代最後のクリスマス。とにかくイブまでに恋人が欲しい！　バカ野郎と叱られる覚悟で聞きます。どんな人でもかまいません。手っ取り早く恋人を作る方法を教えて下さい！（29歳・男・会社員）

A

それともアホが好きなのか？

いつも言っとるでしょう。すぐに手に入るものはすぐにダメになるもんだって。クリスマス・イブが何だっちゅうの？　イブに高級ホテルで飯喰っていちゃついとる連中は、あれはバカそのものだから。そういうことを喜ぶ女もアホだし。

Q

僕の彼女はとても優しくて料理が上手。趣味も合うし、体の相性も抜群です。ただ、その顔が筆舌に尽くしがたいほど不細工なのです。人にバレたら恥ずかしいので、デートは避け、極力自宅で過ごしています。彼女を愛しているのですが、その存在を隠したがる自分がいるのです。これは卑しい考えでしょうか。（26歳・男・アパレル関係）

A

おまえさん、地獄に落ちるよ。
卑しいかって？
卑しい以前の問題だろう。
美味い料理こしらえてもらった上に、身体の相性が抜群って何だよ？
セックスのことでしょうが、じゃあ聞くけど、その彼女とセックスしてる時に、相手の顔は見てないの？

まさか目をつぶってやってるの？

変態か、おまえは。

筆舌に尽くしがたいほどの不細工は、その気のイイ彼女の顔じゃなくて、おまえの性根だろうが。それで愛してるって、わけわからんよ。

わしが彼女の父親なら、おまえ、

吊すか、埋めるぞ。

こういう質問にいちいち答えるほど、わしは暇じゃないんだよ。次！

静

君のようなタイプが一番結婚に向かない

Q

結婚したいのですが、集まってくる男はみんな気弱で、私より仕事ができない奴ばっかり。どうすれば頭のキレる素敵な男性に出会えるのでしょうか。（35歳・女・会社員）

A

君はいったいどういう仕事をしとるの？

君がそんなに仕事ができる上に強い女なら、君より仕事ができて、君より強い男と結婚したら大変なことになるのと違うか。

君は妥協をしない女だろうから、自信満々の男と暮らしたら、すぐに相手のダメなところが見えてしまい、それをなおそうとしても相手の自信家はおそらく折れないだろう。

そんな組合せの結婚は破局が目に見えているだろう。

そうじゃないって？

君より強い男で仕事がバリバリできる相手だと君が従順になれるって？　そりゃ初めの内だけだよ。

君は男を一目見て、その男の能力を判断できるご立派な目を持ってるんだろうから、どんな相手でも、その男のダメなところを見つけ出すって。

君のような女性は結婚なんかしない方がいいよ。君は男たるものに完璧を求めてしまうんだよ。

はっきり言っとくが、そんな完璧な男はこの世に存在しないから。

強がる奴は気の弱さを隠そうとして、そうなっとるし、仕事ができない男はそれを直そうとしてもそうならない。しかもそれがわかってるんだ。

ヤメトケ、ヤメトケ。君のようなタイプが一番結婚にむかないし、妻になったら悲劇だって。第一、相手の男が可哀相だ。

それともうひとつ言っとくが、頭が切れる男と評判の奴くらいつまらない男はいないから。〝頭が切れる〟とか〝カミソリみたいな頭〟と言われてる男は自分以外の男を皆グズだと思ってるんだから。そんな傲慢な奴がいかに鼻持ちならないかは少し社会で人間を見た者なら誰でも知ってるよ。

よく世間でこういう会話があるだろう。

「あいつは頭が切れ過ぎたんだよ。だからあんなことになっちまったんだ」とね。同じように君はいつかこう言われるぞ。「あの子は強過ぎたのよ。なまじ仕事ができたもの。だからあんな目に遭ったのよ」ってね。

どっちにしても今の君はツマラン女だよ。

Q

一年前に彼氏と別れてから、彼氏は欲しいんだけどちゃんと付き合うまでの過程が面倒くさくって、つい学生時代の男友達や元カレをつまみ食いしています。このままでは友達をすっかりなくしそう。どうしたらいいんでしょうか。（26歳・女・会社員）

A

今、彼氏がいないから学生時代の男友達や元カレをつまみ食いしてるって？

つまみ食いってアンタ、男は冷蔵庫に入ってる残りもんとは違うんだから、何を言っとるの。まあ残りもんみたいな男もいるのかもしれんが……。

そのつまみ食いってのを、ちょっと訊きたいんだが、
どの程度、食べるの？

つまみ食いってんだから、軽く食べんの？

軽く食べて、ナニが終ったらコーヒーでも飲んでバイバイって感じなのかね。

そうか、君のような女性を〝軽食喫茶系女子〟と呼ぶんだろうな。

けどそれで満足できてるのなら、いいんじゃないのか。

このままでは友達をすっかりなくしてしまいそう？

なぜだ？　何か言われたのか。

「ちょっとアンタ、私のカレと寝たでしょう？　やめてよ、この尻軽女」

「どうしてアンタって、男の人と食事しても、映画観ても、道端で逢っただけでも、そこにセックスをつけるの？　最低ね」

そこまで言われてないにしても、そういうことがいずれ起こると思ってるのと違うか。

まあ起きるわな。いや、余り声に出さなくともそう思われとるだろう。

けどそういう事態になるまでは、今のままでいいんじゃないか。

あらためられるんなら、とっくにそうできてるって。それに男友達も、元カレも、君が逢おうって言えば、すぐに逢ってくれるんだろう。

それって君に、他の女性にはないイイところがあるからだよ。

このまま行くとこまで行きなさい。

そうじゃなくて、ちゃんとした彼氏が欲しいって？　そりゃ無理だろう。

ちゃんとした男は、ちゃんとした女のところにしか行かんぜ。

※皆さん、この質問の女性、悩んでるというより、頭おかしいんじゃないかとわしは思うんだが、このコーナー、おかしい連中のカウンセリングやってんじゃないんだから、少しはまともな悩みを持ってきてくれよ。本当にヤメルよ。

Q

同棲三年目、ある日突然、彼女は好きな人ができたといって家を出て行きました。僕の何がいけなかったか全くわからず、まだ彼女のことが好きなままで、家のなかにぽっかり大きな穴があいています。この喪失感をどう埋めたらいいのでしょうか。（27歳・男・公務員）

A

同棲三年目の彼女が突然、好きな人ができたから出て行った？

同棲三年目ってのは丁度そんな時期なんだろうナ。

君は、僕の何がいけなかったのか全くわからないのか？

じゃ別にイケナイトコロはなかったんじゃないのか？　相手がなぜ出て行ったかということが全くわからない君のその鈍感さは貴重だよ。彼女もきっとその鈍感さに感動して出て行ったんだと思うよ。

家の中にポッカリ大きな穴があいてるって？

君、それってきっと泥棒が入ってきて、君の彼女をかっさらって行った時の穴なんじゃないか。穴の周りにパンツかなんか引っかかってないか見てみろよ。

喪失感をどう埋めたらいいか？

知らんよ。そんなこと自分でやれよ。

理由もなく相手が出てイカンだろう。

君に失望したか、君よりいい相手が見つかったんだよ。

それって残酷ですって？

人生は残酷という瓦礫の上を歩くもんだ。

Q

現在彼女募集中の僕ですが、女性に対して高望みをする性質らしく、綺麗な女性にしか食指が動きません。だけど実際に美人をゲットするのは至難の業。先生にズバリ聞きます！美人にモテるコツを教えて下さい。（28歳・男・会社員）

Ⓐ

そんなもんわかるわけないだろう。

Q 先生は、十年後の日本がどうなっていると思いますか？（18歳・女・高校生他数名）

Ⓐ **それもわかるわけないだろう。**

恋愛と貧乏は親戚だわね

Q

私の彼は大学の物理学研究所で助手をしています。彼は「この研究が成功すればノーベル賞も夢じゃない」と言い、毎日実験室に寝泊まりするほど研究熱心です。ただ、収入は雀の涙。彼のことは好きですが、将来を考えると不安です。それでも信じてついていくべきでしょうか。（28歳・女・フリーター）

A

彼が学者なの？

学者も今は種類によるが、今回のように原子力推進だとか、どうしようもないのがいるからな。

物理学者か？　そりゃイイんじゃないか。学者の魅力って、その研究がいったい何の役に立つのかわからないって分野ほど、私には魅力的に見えるね。

今の収入が雀の涙か。

そういうもんだぜ、本物の学者の社会的な収入の在り方は。

学者と生きる、嫁ぐのは、それは覚悟しなくちゃ。

研究が成功すればノーベル賞も夢じゃないって？　それはまずないから。それにノーベル賞をもらってる輩を見てるとたいしたのいないじゃないの。

ノーベル賞が目標で生きてるなんてツマラナイって。

好きなら、信じてついて行けばいい。

ただし、相手を信じることは、実りがあるものなんかじゃないから。

今の世の中、女の大半が、損か得かで相手の男を選んでるアホばっかりの時に、そうできたらあなたの人生は一枚も、二枚も、そんな女たちより格が上だし、その連中が一生かかっても見ることのできないイイ時間や、出来事にめぐり逢うと思うよ。

Q

結婚を考えている同棲相手がいるのですが、彼女は家事をまったくやってくれません。片付けが苦手で、脱いだ服も食べたあとのお皿も散らかしっぱなし！　将来が不安なんですが、何かいい方法はないでしょうか。（34歳・男・会社員）

A

結婚相手がまったく家事をしない？

そりゃ君、これだけ世の中は広いんだもの、いろんな女の人がいるのは当たり前でしょう。掃除をまったくしない？　家の中がゴミ溜め同然？　〝住めば都〟って言うじゃないか。

脱いだ服も、食事をしたあとのお皿も散らかしっぱなし？　大胆っていうか、面白い女性じゃないの。貴重な女性だよ。

あのね。男と女のかたち、男と女がともに過ごすかたちというのは千差万別なの。

私の友人の夫婦などは奥さんが異様な格闘技好きで、毎晩、ご主人が帰宅すると同時に、玄関のドアを開けた途端に奥さんがゴング鳴らして、そこからデスマッチをくりひろげて、奥さんの方が体力あって、友人はもう何回も骨折してるし、横っ面にキック入れられて鼓膜が破れて難聴にまでなってるんだよ。それでも友人は会社勤めの昼休みにジムに通って身体を鍛えてる。この間も酒場で「先週は死ぬかと思いました」と真顔で言ってたよ。死ぬ思いまでして夫婦をやってる男だっているんだ。ゴミの山や汚れた皿なんかなんてことはないよ。

死ぬ思いをしながらその友が平気なのは、そいつが格闘狂いをふくめて女房を受け入れているからさ。

男と女というのは相手のすべてを引き受けるって気持ちがなくちゃダメなの。女の方だって男のすべてを引き受けてるんだよ。それが男っ振り、女っ振りって言うんだ。それがともに生きるってことなの。大切な人なんでしょう。だったら受け入れて、君が家事やれば済むことじゃないか。男が外で働いて、女が家で家事をするなんて誰が決めたの。男が家事するのも、あって当然だし、好きな人のためだ。楽しいよ。

伊集院さんはそういう女性と生きていけますかって？
わしゃそういう女は嫌だよ。

Q

先生の『志賀越みち』が大好きで、くり返し読み、祇園を散策しました。主人公が「恋愛って阿呆みたいやな……」と言うくだりが妙に心に残っています。先生は、恋愛の本質って阿呆みたいなものだと思いますか？（41歳・女・主婦）

A

あなたね、最初に言っとくけど、小説読んで、その内容に影響されたり、主人公の生き方を真似たりするのは、大人として変だから。ましてや私の小説でしょう。それはかなりおかしいよ。

仮に少し何かを考えるきっかけになったとして答えるが、「恋愛って阿呆みたいやな……」というくだりで、恋愛の本質が阿呆かどうかって？

先人も言っておる。〃世の中で何が愚かかと言えば恋愛ほど愚かなものはない。賢明な者は人生の大切な時間を恋愛にうつつをぬかすことはない〃とまあ言っとるんだわ。

そこで考えなくちゃいかんのは、あなたも私も賢明な人間かどうかということっちゃな。でしょう？　あなたも私も賢明であるわけがないわな。さらに言うと世の中にどのくらい賢明な者がいるのか。そりゃ微微たるものだ。そうでなきゃ、世の中にこれだけ恋愛を経験したり、進行中の者がいるわけはない。

恋愛と貧乏は親戚だわね。人間は恋愛と貧乏がよほど好きなんだろう。そうでなきゃ、世の中にこれだけ貧乏な者がいるわけはない。恋愛もしかりだ。神さまが言っとるわな、貧しき者は幸いなりと。愚かな者も幸いなら、恋愛は神が与えたもうた恩恵ではなかろうかと私は思う。

見知らぬ者同士が逢った瞬間に相手に好意を持つ。好きと思う。なぜかそれからその人のことが気になる。その人のことを想っただけで身体が熱くなる。風邪かな？　と思うが鼻水が出ない。それが恋愛のはじまりだ。

　それで相手を探し、ようやく探し当てて己のこころのうちを打ち明ける。ところが相手はあなたにまったく興味がない。これが失恋ですな。運良く相手もあなたに好意を抱いた。そこから毎日逢瀬を重ねる。やがて飽きが来て別れる。しばらくして別の相手とでくわしまた好意を抱く。また別れて、また出逢って……。やっぱり阿呆かもな。

迷の章

少しは苦い酒も覚えたらどうかね

人生の半分の時間を費やしてもいいの

Q

いま大学三年で就職活動をしていますが、何社回っても断られるのでイヤになりました。もうこのまま仕事をしなくてもいいですか？（21歳・男・大学生）

A

若者よ。

若者よ。若者よ。若者よ……。これって十回以上続けると、バカモノヨって聞こえないか。

まず基本として、何かで困った時、他人に相談しとるうちは何も解決はせんよ。

これは本当だから……。

大学三年で就職活動しとるのか。今の大学生はシンドイノー。ずいぶん断られたみたいだが何社回ったのかね？　えっ、五十社もか。

なぜ、そんなに回ったんだ？
一、二社回ればだいたい仕組みがわかるだろうよ。就職活動に関連する会社の罠に嵌《はま》っとりゃせんか、君。
踊らされんな。
今が人生の一番イイ時じゃないか。
学生時代だけだぞ、人生で楽しいのは。
そんな阿呆なことはするな。
皆がしてるって？　じゃ君に訊くが、皆と同じ人生を送りたくてしかたないのか。
それなら頑張ってもう五十社、もう一声百社。ヨオッ、大統領。
そうか嫌になったか。
そりゃそうだわな。皆と同じ服装して、同じ会社に並んで、そして皆と同じように断られてスゴスゴ引き上げるんだからな。
まずは冷静になって、自分のやってること少しおかしくないか、と気付け。
まず就職活動を一時休止しろ。
手遅れになるって？　なりません。
このまま仕事しなくていいかって？
イイんじゃないっすか。仕事をしなくてイイと思っているうちはするな。
でも生きていけなくないっすか？
ソウデモナイヨ。
アセルナッテ。
あのね。自分の仕事を見つけるのに人生の半分の時間を費やしてもいいの。
それでも見つからなかったら？
知るか、そんなこと。

Q

就職活動に出遅れてしまいました。同級生が企業や説明会に参加する中、僕はスーツすら持っていないあり様。今さら慌てても仕方ないので、他の学生がしてないような、貴重な体験をこの夏休みにしたいと思います。どうすれば人事の印象に残るような体験談が生まれると思いますか？（20歳・男・大学生）

A

そういう人生の大事なことを人に訊かないの。

それに人生の体験が就職活動にどう有利に働くかなんて、考える方がおかしいの。だいたい会社の人事部なんて、まともな人間なんかいないんだし、そいつらに印象がいいの悪いのって考えるほうがおかしいの。

それに君の一番の間違いは、自分の都合で出遅れたことをいいふうに考えようなんてさもしい発想だよ。

就職なんかすぐにしなくてもいい。自分は自分のために行動する、と考えなきゃ。

けどね、自分だけのために生きるってのは卑しいことだからね。
君ね、20歳か。
だいたいおまえね、20歳そこいらでワシに相談してくる方がおかしいだろう。

おまえ、はっきり言うけど、バカ以下だから。

Q

僕には今、夢中になれるものがありません。本を読んだり、映画を見たり、友人と酒を飲みながら話したりしても、何も頭に入ってこないんです。まるで抜け殻になってしまったようで、学校と家を往復するだけの生活が続いています。何かに打ち込むきっかけがほしいのですが。（20歳・男・専門学校生）

Ⓐ

君は、夢中になれるものがないことに気付いて、それに対して、これじゃイカンナ、と思っただけでも他の連中よりはマトモだな。

〝夢中〟というより〝夢〟だわナ。

〝夢中〟がない若者は不幸と言っていいかもしれない。私はそう思う。

若い頃は何ひとつ手にしていない時代だ。若者とは正確に言えば何ひとつ持たない人だ。

そのかわりに何でもできる可能性があり、何者にだってなれる可能性がある。

本を読んでかけがえのないものを得る若者もいるだろうが、ワシはそれをあまり信用はしておらんね。小説家をやっておきながら、こういうのも何だが、小説で人の人生がかわったりはせんよ。それほどのもんじゃないよ。

映画を見てもつまらないのか？　そりゃそうだろう。人に何かを与える映画なんてのは存在するとは思わんぜ。映画は娯楽だろう。

友人と酒を飲んでも今ひとつか……。あるよな。そんな時が。

それはきっと、君が今、本を読んだり、映画を見たり、友人と酒を飲んだりして何か求めるものが見える時ではないからだ。

それらのことは君の胸の中にあるものをただ刺激しているだけで、すでに身体はそんなものには反応しなくなってるのさ。

今、大切なのは、行動だよ。

すぐに旅に出なさい。

どこに？　どこだっていい。君の街から、この国から外に出るのがいい。安いチケットで言葉の通じない国へ行き、そこでどんな人間が、どんなふうに生きて、暮らして、笑い、活き、嘆いているかを、実際に自分の目で見ることだ。そうすれば君の中に眠むっていた何かが目を覚まし、世の中って何だ？　国家とは何じゃい？　自分とは何者なんだよ、ということが少し見えてくる。

そうすれば、いかに生きて行くか、そのために〝夢〟がいかに大切かがわかる。

何かが見えれば別に日本なんぞに帰ってくる必要はないよ。親が心配って？

あのね、親の役目は君がまっとうに生きるために産んで育てるまでしかないの。静

そんなもの友とは呼ばんよ

Q

先生に聞きたい。僕にはまだ親友とよべる友がひとりもいない。飲み友達や知り合いは多いけど、自分の弱みを何でもさらけだせるような相手がいなくって……。どうしたら本当の親友ができるのか教えてほしい。（21歳・男・会社員）

A

どうしたら本当の親友ができるかって？

そんなくだらない考えを持つのはやめなさい。〝本当の親友〟って何を言ってるかよくわからんね。それともお互いが、おう俺達は親友だな、そうだまったく最高の親友だ、なんて言い合うのかね。そんなもん友だちでもなんでもないよ。

君は友というものの根本がまだわかってない。で、友情のはじまりなんてのは曖《あい》昧《まい》この上ないものなんだよ。なぜ曖昧かって？　それは相手がいるだけで喜ばしいと感じることからはじまるのであって、それも相手のごく一部を認めることから友情ははじまると言ってもいい。でもそれは相手が自分に何をしてくれたかってことはどうでもいいことなんだ。相手がこの世に、同時代に生きていて、つまり出逢ったことに感謝できるかどうかだよ。

自分の弱みを何でもさらけだせる相手だって？　そんなもの友とは呼ばんよ。君は相手が自分に手を差しのべてくれることが友情と勘違いしてるよ。友情というのはそんな薄っぺらなものじゃないよ。もっと緊張感があるものだ。

恋愛と愛情が違うのは、そこに規律、品格がともなうからだ。それでもつき合っているうちはよくわからんもんだよ、友情は。

哀しいことだが、相手を喪失した時、初めてわかる類いのものだよ。

21歳なら、まだ出逢ってないのかもしれないな。君にこの言葉を送ろう。イギリスの諺《ことわざ》だが〝人生の晩年が見えてから知り合った友には底知れない深い絆が見えてくる〟。

友情というものは人がこの世に生まれてきて、それが手に入れば、これ以上の生きてきた甲斐を感じるものはないってことだ。

定義づけられないところに友情の奥の深さがある。自分を磨け。そうすれば自然と友はあらわれるよ。

Q

自分では気がつかないのですが、酒を飲むと人を罵倒したり小バカにする性癖があるといわれます。いつか市川海老蔵のようなな目にあうんじゃないかと心配でたまりません。酒をやめたほうがいいでしょうか。（24歳・男・会社員）

A

酒の相談は基本的にして欲しくないいね。

それでなくとも私のお蔭で、酒乱になったとか、警察に保護されたとか、これまで数々の言いがかりをつけられてるからね。

酒を飲むと人を罵倒するって？

イイんじゃないっすか。

元々、君の腹の底にあったものをカウンターの上に並べただけなんだから。イイよ。

人を小バカにする性癖があるって？

イイんじゃない。小バカにしないでもっと中バカ、大バカにしなさい。その方がスッキリするって。気持ちイイと思うよ。

いつかひどい目にあうんじゃないかって？

まだあってないのか。

それなら大丈夫だ。もっとやれ。

人間、痛い目にあわなきゃ、いろんなことがわからないから。死ぬわけじゃないから。

酒をやめた方がいいかって？

君ね。冗談をこの年の瀬に言わないでくれよ。人を罵倒したり、小バカにしたり、結構愉しんでんだから、そんなイイものを手放す必要はまったくありません。

もし酒をやめたら、君、人生が真っ暗になるぞ。考えてもごらんなさい。この世の中から酒が消えたら、人類は夜、何をするの？

人口が増えるって？　そういう話をしてるんじゃないの。

酒場のない夜の銀座を考えてごらんなさい。別に銀座じゃなくとも、繁華街がなくなるんだよ。祇園も、先斗町《ぽんとちょう》も消えるよ。

芸者やホステスさんはどうするの？　その家族は路頭に迷うよ。ネオンのない街は舞台と客席のない劇場みたいなものだ。

どこで笑うの？

どこで泣くの？

どこで吠えるの？

テレビ見て過ごせるほど人間は単細胞じゃないでしょう。

罵倒も、小バカも酔いの友としては悪くはないが、少し苦い酒も覚えたらどうかね。

独りの酒を覚えなさい。

わかりましたって？　聞きわけがイイね。
だからって目の前のバーテンダーにからんじゃダメだよ。結構、腕っぷし強いのが多いからね。これは本当。

Q

ドラマを見て、水商売の華やかな世界に憧れた私。時給八百円の今のバイトを辞め、来月からキャバクラ嬢として働き始めることになりました。絶対稼いでやる！　という強い意志はあります。こんな私にアドバイスを頂けませんか？（19歳・女・フリーター）

Ａ

キャバクラに勤めるか？　19歳か……。

いいんじゃないか。世間というものの本当の姿がどんなものかを知るには〝夜の学校〟に行くのが一番だ。

おまけに自分の器量もわかるし、頑張れば収入も増える。その上（これが肝心なことだが）、男というものがいかに助平で、見栄っぱりで、ワガママで、小心な生きものかがわかる。それだけわかってくると、やがてキャバクラやクラブに通う男たちが、世間を何もわかっちゃいないことも学べる。

さらにそういう男たちを見続けると、やがて男ってものが可愛いと思えるようにもなってくる。

ナンバー1を目指すのかね。

それなら教えとこう。どこの店でもナンバー1になる女性は、決して飛びっ切りの容姿をしていない。むしろ一、二枚落ちるところがある。なのにその子はナンバー1、というケースが多々ある。

何が、その子にあるか？

それは愛嬌だ。一緒にいて安堵がある。
愛嬌は女性の資質の中で、二、三枚格が上のものだ。
いい客とは派手な金の使い方をする奴より、コマメに通ってくれる客だ。
一晩で使ってくれた百万円より、三週間かけて使った二十五万円の方が価値がある。
まあ働けば、それはわかる。

ところでどこの店かい？

Q

高校野球の地方大会、僕のエラーがキッカケで逆転負けしてしまいました。部員のみんなは「気にするな」と言ってくれたけど、あれ以来、グラウンドで落球する悪夢を見続けています。辛いです。（17歳・男・高校生）

A

高校野球の決定的な落球事件ね。君がエラーしたわけか。チームメイトは「気にするな」って言ってくれてるの？　本当にそう思うかい。そりゃ人間だから、あいつのエラーで……、と思ってるよ。そういうもんだ。でもそのお蔭で、君はずっと仲間から夏が来る度に思い出してもらえるんだから、しあわせじゃないか。今、夢にそのシーンが出て辛い？　そりゃそうだろう。すぐに忘れたらおかしいもの。人は失敗、失策でしか成長しないから。ヒーローより失敗した君の方がイイって。甲子園球児のヒーローなんて辛苦を知らないからアホばっかりだよ。プロ野球選手を見れば一目瞭然じゃないの。

静

ただただよく遊びよく遊べ

Q

子供が夏休みの宿題の絵日記を初日からさぼりはじめました。親の私も最終日に泣きながら書いていた記憶があります。人はなぜ、嫌なことを先送りにしてしまうのでしょうか……。早くやったほうが楽だとわかっているのに。（34歳・女・主婦）

A

お母さん、子供が初日から宿題をやりはじめたら、その子が少しおかしいの。せっかくの夏休みなんだから、まず遊ぶのは当たり前。当人は〝休み〟という字を、勉強が休みと思ってんだから。それに絵日記なんてのはどこかでまとめて描くか、お母さん、あなたが描いてやりゃいいじゃない。

夏の休みの子供は、ただただ〝よく遊びよく遊べ〟だよ。

人間はなぜ嫌なことを先送りするかって？　あれは先送りしてるんじゃないの。後で仕方なくやってるだけなの。

考えてごらんなさいよ。嫌なことをほいほいやるのがいたら、そりゃ、そいつがおかしいか、身体か頭に変調きたしてるのに決ってるでしょう。

誰だって、嫌なことをやるために生まれてきたんじゃないんだから。

早くやった方が楽だって？　そうかね。早くやっても遅くやっても嫌なことをやってるのには変わりがないと思うんだが。

あなたが子供の時に、夏休みの最終日に泣く泣く宿題をまとめてやった記憶が鮮明にあるから〝嫌なことを先送りにするな〟と今わかるわけでしょう。それが教育だよ。

子供には当人が痛い目、辛い目にあって初めて何かがわかるわけだから、それを見てるのも教育のひとつと違うかね。

人間は皆同じ誤ちを犯して大人になるんだから……。

Q

うちの息子（小三）が、暴れん坊で困っています。しょっちゅうクラスの男の子と喧嘩してはケガをさせてしまうので、いつも私が相手の親御さんに謝りに行く羽目に……。どうすれば大人しい子に育ってくれると思いますか？（38歳・女・会社員）

A

息子が暴れん坊？

そりゃ良かったね。

小三というと10歳前後か。クラスのガキとしょっちゅう喧嘩するって？　元気でいいじゃないか。そりゃ親としてひと安心だ。おたくの息子さんの話を聞いて羨《うらや》ましいと思ってる世間の同じ歳の子を持つ親御さんはたくさんいると思うぞ。

今、世界の小児科の医師や保健機構が深刻に考えている問題は、先進国を含めて、子供の免疫力の低下と病弱な体質のひろがりなんだ。その原因は新種のウイルスの出現などさまざまな要因があるようだが、私に言わせると、子供をもっと外に出し、野山を駆けさせ、海や川で遊ばして、少々身体に傷がついてもいいから免疫力、抵抗力をつけさせることだと思っている。

過保護はイカン。軟弱になる。

どんなに勉強ができても（それはたいしたことじゃないんだが）、才能に恵まれていても、本物になるのは大人になって踏ん張れる体力と気力がある者だ。後者の気力は、これは体力から生まれるもんだ。

そういうことから言うと息子さんはまず合格だ。おめでとう。

相手を怪我させて謝りに行く？

それは親の役目だから。でもいろいろ謝ることはないよ。やられた方にも原因はある。

――ぜんぜんないの？　非はすべて息子に？　それならその度ガッツンとやってやりなさい。大人しい子なんかいらないって。

Q

9歳の娘が可愛がっていた犬が交通事故で死んでしまいました。娘はかなり落ち込んでおり、口数少なく、食も進んでません。何とか元気を出させてあげたいのですが、なんと言ってやればいいでしょうか。（39歳・男・自営業）

A

お父さん！　娘さんの落ち込みは、かなりじゃないんだよ。たぶん、夜だって眠る前に部屋の灯りを消したら、愛犬の顔や、自分を見つけて勢い良く走ってきた姿や、蝶や草花を不思議そうに小首をかしげて見ていた瞳が……、走馬燈のようにあらわれては消えて行ってるんだよ。そうして自分の頰を舐めてくれたザラッとした感触、他の犬や見知らぬ人には牙をむいたり、警戒したりして唸り声を上げても、娘さんのちいさな指の先でさえ、痛い思いをしないように嚙む（アマガミ）、愛犬の思いやりをすべて、何から何まで娘さんはこころと身体で覚えているんだよ。

愛おしいものへの追憶、想像力は、わしら大人とは比べものにならないほど子供は鋭敏に受けとめるし、そういうことが彼、彼女に生きるものへのやさしさを修得させるひとつの場なんだよ。

だから彼女は今、必死で愛犬の死を受け止めなきゃ、とか、やっぱり受け止められないよ、とか、どうして自分の愛犬だけがそうならなきゃいけないのか、とおそらく子供が、人間が、誰しも通過しなくてはならない〝生きるものには必ず死があり、出逢いには必ず別離がある〟ことを身をもって学ぶ、まさに現場にいるんだよ。

これはね。人生のみっつくらいしかない〝生きて行く上の肝心〟のひとつと対峙してるんだよ。

「あとのふたつは何ですか？」

誰だよ、今の声？　読者の連中か……。

バカヤロー、タダで教えられるか。

あのね。何でもすぐ人に聞くんじゃねぇって言ってんだろう。

ところでお父さん。娘さんは必ず、幻想、幽霊に近いもの、または夢の中で愛犬と遭遇するよ。それをお父さんやお母さんに口にするかもしれないし、そうしない子もいるが、口にしたら、言いなさい。「きっと（娘さんが）ひとりぽっちで淋しいんじゃないかって逢いに来てくれたんだよ」ってね。感受性が強い子ほどそうなるからね。でもそれは生きるものの死を受け止める初期段階のやり方としては悪いことじゃないから。

落ち込んでいる娘さんは〝生きる肝心〟を学ぶことができる、こころの海が広い、ってことだ。広いじゃや、わかりにくいか。つまり愛犬も、自分も生きているということでは同じ価値だと自然に覚えられてるんだ。

いい娘さんじゃないか。育て方も良かったんだろうと思うよ。教育、上手く行ってるよ。

私は後輩に子供ができると、〝子供の躾《しつけ》は、自分以外の人の、生きてるものの痛みがわかる子供にすれば教育の半分はできたと考えなさい〟と言っとるんだよ。

「あとの半分は何でしょうか？」

誰だ、また声がしたが、おまえらか。

なんで見ず知らずの君らに、そんなことを教えにゃいかんの。何でもすぐに聞いて、何かを得ようとするなって言っとるだろう。

お父さん、娘さんには哀しい出来事だったが、哀しいこと、辛いことしか、生涯の糧となるべきものはないのが人生なんだ。

最後に、一緒に哀しむ。一緒に元気になろうとする。これだナ。

Q

10歳の娘が、一人家で過ごすのが好きらしく、友達と遊びに行こうとしません。学校は嫌がらず行っているのですが……。友だちと遊びなさいと言っているのですが、一人がいいと言います。このままでいいのでしょうか。（40歳・女・会社員）

A

お母さん、10歳の娘さんが一人で家で過ごすのが好きで、友達と遊びに行こうとしないのが心配なんですか。

そりゃまったく問題はありません。

友達が家に誘いに来たり、いつも友達とどこかに出かける女の子が普通と考えるのはむしろおかしいの。

大人がそれぞれ生き方、考え方、時間の過ごし方が違っているように、子供も違っていて当然なの。むしろ皆と違う方が当たり前だと考えるべきでしょう。

子供の皆が皆、同じように友達と一緒にいつもいたら、それは異常でしょう。

娘さんは個性があるってことでしょう。

イイ感じだと思うよ。

それにまだ10歳でしょう。

外の世界には自然と目が向き、歩き出しますよ。他人とふれ合うことで自分を見る行為はごくごく当たり前に出てくるから。

娘さんが部屋でどう過ごしているかは知らないけど、そこが娘さんにとって〝世界でただひとつの世界〟ということを忘れないで、彼女を見守ることだね。

私もガキの頃、

「この子は何か他の子たちとは変わってるのよね」

と母がタメ息こぼしていたけど、どこの子も、他の子と違っているのが当たり前で、そこに個性の芽が出はじめているのを忘れない方がいいね。
子供を信頼してやることは間違いなく子供に伝わるし、それが期待されている、見てくれているという感情となり、やがて克己心につながるはずだよ。

Q

10歳の息子（優希）がクラスの女の子に恋をしたそうです。ただ、他の男子にからかわれるのが怖く、声をかけることができないみたい。私は夫と七年前に死別しており、我が家には男がおりません。父親代わりになって、優希にアドバイスをしてやってくれませんでしょうか。（32歳・女・会社員）

A

次はまたまた10歳の、今度は男の子か。

わしは10歳のクラスの受け持ちか？

優希君がクラスの女の子に恋をしたのかね？　それで他の男の子からからかわれるのが怖くて声をかけられないって？

イイ感じじゃないか。

何でもかんでも思ったことをすぐ口にするこの頃の子供や若者の風潮とは違って、センシティブと言うか、繊細な息子でむしろうらやましく思えるよ。

10歳の恋も、20歳の恋も、恋にはかわりないからな。

今どきの子供は、親の若い時のマネをして、ナンカ良サソウ、なんて思うとな、それが恋くらいに考えてしまうから、一年間に二度も三度も平気で恋の相手がかわったりするんだ。

恋は見初《みそ》めた時が一番イイんだよ。

それを携帯電話で打ち明けたり、メールの絵文字で簡単に♡のマークを出して告白するから安くなるんだよ。

告白は相手の前に立って堂々としなきゃダメなんだ。

——それでフラれたらどうするんですか？

何を言ってるの。恋がいつも成就するなんてことはあり得ないし、そうならなかった恋の方が、一人の人間にさまざまなものを与えてくれるんだ。

それは子供とて同じだからね。

お母さん、旦那さんと七年前に死別して家に男がいないから、わしに父親代わりになってくれって、それじゃ息子の手前、夜は同じ寝室にお母さんと休むわけ？

「そんなこと言ってません」

「あっ、そう」

小説家なんてつまらん仕事だよ

Q

高校生の息子が突如「小説家になる！」と言いはじめました。私は小説家なんて（スミマセン）夢みたいなことを言わずに現実を見てほしいと思うのですが、聞く耳を持ちません。作家として酸いも甘いも嚙み分けた先生から、ガツンと言ってもらえませんでしょうか？（43歳・男・自営業）

A

高校生の息子が〝小説家になる〟と言い出しましたか？
いいんじゃないの？
やらしてみりゃいい。

何からはじめたらいいかって？　何でもいいんだよ。書いてみりゃいい。

小説家になる学校か何かありませんかって？　あるわけねぇじゃねぇか。カルチャーセンターの小説コース？　何じゃ、そりゃ。

そんなとこに通って小説家になれるんなら世の中、小説家であふれとるでしょう。日本ほど小説の新人賞がたくさんある国は他にないから、息子さんはそこに応募でもして見てもらえばいい。レベルも才能もだいたいわかるもんだ。

ただ小説は才能なんてのはいらないから。書こうという執念とか、まともな仕事ができないので小説書くしか生きていくすべがないからとか、そういうもんがあれば、長くやってればかたちは整ってくる。

それで小説家になれるかって？

そんな甘いもんじゃないよ。かたちが整ってから、次は小説の火種みたいなもんをきちんと見つける。火種だから火傷《やけど》はするよ。

そうして最後に（これが厄介なのだが）運に恵まれたら、小説家で生きていけるかもしれないね。

それで小説家として喰っていけるかって？無理だね。

喰っていけなくてもいいから、というなら小説家をやってもいいだろうナ。元旦から原稿書かされて、一年中締切りに追われて、原稿が上がったら上がったで、編集者から、今ひとつ人間が描けてませんね、なんて訳のわからんこと言われて、はっきり言って、忍耐しかない、つまらん仕事だよ。

Q

新学期早々、中学二年生の息子が不登校に。「友達もいないし、勉強する意味がわからない」と部屋に閉じこもっています。息子の心を動かすためには何をしたらいいんでしょうか。（39歳・女）

Ⓐ

すぐに東北の被災地に連れてって瓦礫を運ばせなさい。

それで一年進級が遅れても何年分かの修得することはある。

友達がいないって？

友達なんかいなくてイイー。

友達はいるとか、いないとか確認するものじゃないの。

勉強する意味がわからないって。

勉強するのに意味があるわけないだろう。息子のこころを動かすって、おカアさん。息子のこころはボーリングの球じゃないんだから。中学二年だろう。被災地へ連れてって瓦礫を運ばせときゃ、体力もつくし、第一大人の男になるために一番必要な人としての哀しみを知り、男としての胆が少しはできるよ。

Q

話題の芥川賞受賞作を二作読みましたが、正直よくわかりませんでした。どうも私は『純文学』とやらに縁が無いみたい。自分には読解能力がないのかと、少し落ち込んでしまいます。このまま文学の本当の愉しみを知らないまま死んでいくのではないかと……。

（49歳・男・会社員）

A

今回の芥川賞の受賞作を読んだが、よくわからなかったって？

君に小説の読解能力がないんじゃないかって？

君がこれまでどんな小説を読んできたのかはわからないが、小説というものは、音楽と同じでいろいろあって、その人が好んだり、心地良かったり、読者の人生、生き方と共振できるものがあれば、それでもう十分で、わからぬものはわからないで棚に置いておけばいいんじゃないか。

何年かしてまた手に取ってみればいい。何かがある小説なら何十年経っても頁の中で光り続けているものだよ。

私には円城塔氏の『道化師の蝶』も田中慎弥氏の『共喰い』も面白かったがな。特に田中氏には『蛹』という短編があって、この人なかなかと思うがナ。まあイイ、人に小説の好みを押しつけるのは愚行だからな。

小説とはナンゾイ？

人生に小説は必要か。生涯で一冊も小説を読まず、立派な人生を生き抜き、他人のために素晴らしいことをなした人はこれまで世間にゴマンといる。今度の受賞作は今イチだとか、あの作家の書くものはダメになったとか酒場で愚痴を言って、家族からも、親戚からも、会社の仲間からも、立喰ソバ屋の女店員からも嫌われてる者もゴマンとおる。してみると人生に小説なんぞ必要ないとも言える。

では人間社会に小説は必要か。

これは私にはよくわからない。

言えることはひとつしかない。小説なるかたちが誕生し、千年以上の今日まで一度でも小説が社会から失せたことはない。

農夫と漁師がいなくなれば、肥えた大地とゆたかな海がなくなれば、人類は一ヶ月もたない。全滅だ。ＩＴ産業がなくなっても人類は滅ばない。小説がなくとも人類は続く。ただ何人かの人は必ず言う。ここには小説が足らない。

私は小説はそういうものだと思っとる。

一冊、二冊小説がわからぬからと言って、気にするほど〝人類図書館〟はちいさくはない。

終章

揺さぶられた時にこそ人間の真価は問われるぞ

二〇一一年三月十六日

質問の前に

今週は地震の真っ只中の仙台で、この〝悩むが花〟の原稿を書くことになった。

今日で地震から五日目である。

バラバラになった仕事場の隅でこの原稿を書いている。

いや驚愕した。

マグニチュード9というのが、どれほどの衝撃であったかは、文章で書いてもなかなか伝わらないだろう。周囲の家々では余震での家屋の倒壊をおそれて近くの避難所に入っている人も大勢いるのが現実だ。

まだ水もガスもストップし、昨日、ようやく電気が入ったが、これもいつまた止まるかわからない。

つい二日前までは、数キロ先の海岸に死体が転がり、それを津波の余波のために収容することもままならなかった。生きのびられたことと、そうでないことは紙一重というのを実感した。

まだ大勢の行方不明者がいて、その捜索に雪（本日は雪である）の中で懸命にあたっている人がいる。同時に家族の行方がわからず必死で瓦礫の中を探している人もいる。

こんな時こそ何か力になってやるのが大人の男のなすべきことだが、こちらの家屋も大きな余震が来ると崩壊する可能性があり、その様子を見るために動けない。その上、昨夜までは地震発生とともに電気が止まった。同時に暖房もいっさいストップして、震えとった。

緊急用に家人が灯油ストーブを納屋に置いておいた。これがなければ避難所に行かねばならなかったろう。

四日間いっさい電話が通じなかった。福島の原発事故のこともあり、仙台を離れるようにすすめてくれる人もいる。しかしわしももう十分とは言わぬが、たいがいのことはやってきたから、ここで災害とは何かを見ることにした。

家人もそうすると言う。たいしたヤツじゃ。

つい今しがた家人の妹の息子たちが二人、独り暮しの母親を心配して東京から山形まで飛行機、そしてバスで仙台に迎えに来た。

義妹は幸せな女性だ。

わしは親孝行な息子二人に言った。

「おまえたち普段世話になっているオバサン（私の妻）とオイサン（わし）を放って、自分の母親だけよく救えるな。わしが思うにおまえたちが移動する先々で地震か放射能が追いかけて来る気がするぞ」

「えっ？」

「冗談だ。早く行け」

マグニチュード9の地震は我家でも相当の揺れだった。

どんな揺れだったか？

一言で言わせてもらうと、そんなもの女性や子供が知らん方がイイ揺れ方だ。

世の中で起こることで、女性、子供は知らぬまま死んだ方がイイことはたくさんある。

昨日の夜からようやくテレビの報道を見るようになったが、ほどなく消した。理由は多々ある。

たとえばニュースで壊滅と平気で言うが、その中で助けを求めてる者に、その言葉を投げて何になる？

それは無事に生きてる者への報道であり、正直、原発の事故も、学者が出てきて現場にも行かんで何をほざいとるというのが正直な感想だ。

まだ被災者が家族と再会できて喜んどるシーンや、中学、高校生が元気にお互いを勇気付けようとしているシーンを見る方がよほど有難い。

ワイドショーをチラリと見たが、心底心配しとる者と、口では大変と言いながら他人事なんだと思っとる輩は顔を見ればすぐにわかる。よくよく覚悟して話すことだ。

「何よ、この報道、東京のことばかりじゃないの」家人が憤っていたが、「君、そういうもんだよ、世の中は。生き残った者が語るのが歴史というものだ」

ところでわしの知り合いの方、無事だから。上京する日まで連絡はいらない。それでなくとも水を汲みに行ったり、食料の確保で忙しい。

今できることは何かないか？　高校球児が甲子園まで行けるバスを出してやってくれ。彼等が元気にプレーする姿を見ることは被災者の希望のひとつになる。

ともかくわしは元気だ。このくらいのことでへこたれて、人の相談に答えられるか。

Q

私は小学生のときに阪神淡路大震災を経験し、親類を亡くしています。今回の大震災のあまりの悲惨さに、テレビの報道をみるたびに涙が止まりません。同じ日本国民として、私には何ができるでしょうか。（25歳・女・主婦）

A

祈りなさい。

Q

震災後ケータイがまったくつながらず、岩手の両親の安否が確認できません。震災当日の昼ごろ、千葉の友人が自宅にいた母と最後に話しています。避難所の名簿や各社の伝言掲示板にも情報がなく、絶望的な状況です。（47歳・男・会社員）

A

君ね、立場も気持ちもわかるが、ご両親のことが心配なら、今、休んでいい仕事ならどういう方法を取ってもいいから現場に行きなさい。邪魔になるだけじゃないかって？　そう思うならよしゃいい。

離れられない仕事なら、それはきちんとした仕事だから、仕事を続けるのが大人の男だ。

絶望的状況と君は言うが、それは君の主観だろう。絶望なんてものは、己がそう思っているだけでこの世に絶望なんてありはしないんだ。腹に力を入れて、歯を喰いしばって、やって行け。

揺さぶられた時にこそ、男の真価は問われるぞ。

Q

1歳と4歳の子をもつ母ですが、震災の影響で東京ではスーパーの棚が空っぽで、開店前に並ばないとミルクやパンが買えません。被災地の方たちのことを思うと、こんな買い占め騒動は腹立たしいやら情けないやら……。（27歳・女・主婦）

A

今、東京じゃどこでもスーパーの棚は空らしいってナ。
情ないって？
ホントだネ、奥さん。
けど人間は皆自分が可愛いし、自分が一番だからナ（子供がいれば子供が一番か）。
他人のことより自分や家族のことってのが人間だよ。

恥ずかしくないのかって？

恥ずかしい気持ちがあるんなら棚の品物持てるだけ持っていかんでしょうが。皆自分が安心できるのが一番で、他人のことなんぞ考えないいんだ。それが日本人なんだよ、奥さん。

被災地の人のことを思うと、買い占めなんかできませんって？

そのとおりだよ、奥さん。

けど被災地の人のことなんか思ってない連中が周囲に大勢いるのがこの国なんだから。

「どうしたらいいんですか？」

まず奥さんだけでも買い占めをしない。それしかないだろう。

あとで自分だけ飢えたり、ひもじかったりしたらって？

なら買いなさい。

ほらね、買うでしょう？

きちんと生きるってのは奥さんが考えている以上に覚悟と忍耐力がいるの。それでいて誰かに、あの人は立派だなんて言われる行為じゃないの。

Q

今回の大震災で、最愛の人を失いました。毎日がむなしく、いまは生きる気力がまったく湧いてきません。愛する人を失った悲しみを、どう乗り越えたらよいのでしょうか。（51歳・男・公務員）

A

今回の震災でね。最愛の人を失った？

今は生きる気力もないのですか？

私も震災のように痛ましくはなかったが、弟や妻を失くした経験があるから言わせてもらうけど、生き続けていれば、これは時間が解決してくれる。

〝時間がクスリ〟という言葉は本当だ。

しかしそれもあなたが生き続けることが大前提だから。

生きていなければ見えないものがあるのが世の中だ。絶望の中で死を選んだ人や友を何人か知っているが、歳月が過ぎれば過ぎるほど、生きていれば、今頃、あいつと酒も飲めたし、笑って話すこともできたろうに、と思うことがしばしばある。

あなたはどうやって乗り越えたらいいのかと訊くが、人間の哀しみのかたちは、喜びのかたちにはどこか共通点があるのに対して、ひとつひとつ違っているから、誰かの言葉や差しのべた手ですぐに快復できるものとは違うのだと思うよ。

だから乗り越えようなんて思わないことだよ。乗り越えようと思うと、そこに無理が出るものだ。たとえば自分には上手く乗り越えられないいんじゃないかと不安になったりするからね。

君は君にしか見えない沼に半身を沈めているようなものだ。もがいたり、あがいたりすれば深みに嵌る。じっと耐えることだ。

人の死は、その人と二度と逢えないことだけで、それ以上でも以下でもないから、必要以上に哀しまないことだ。

君に今言えるのは、哀しみにはいつか終りが来る、ってことしかないな。
こう言っても信じられないだろうが。
耐えてくれ。耐えてやれ。そうじゃなきゃ、死んだ人までが不幸になる。

静

献杯する酒だってあるんだ

質問の前に

先日、上京し、銀座の馴染みの小料理店に行き、銚子の金目鯛を入れてくれと頼み、翌夜、届いたので煮付けで食べた。いや、美味かった。銚子の魚はやはり美味い。昔、野球部で銚子出身の先輩に鮨の魚のことを教わった。恩人である。恩はその人に返せないが、回り回って、今、銚子の魚に恩返しだ。関東人よ、東京人よ。これまでどれだけ銚子の美味い魚を食べさせてもらったんだ。少しは恩を知れ。検査値もゼロの魚をなぜ喰わん。風評は人の道、男の道に反するだろう。秋になったら茨城、いわきの鮟鱇も食べるぞ。女、子供以外は皆魚を喰えよ。男たちよ、あと何年生きようとしてるんだ？

Q

お花見の自粛を政治家が呼びかけたことについて先生はどう思いますか？　哀悼の形は人それぞれなのに、お上が主導して自粛ムードを作りだしていることに違和感を感じるのですが。（55歳・男・会社員）

A

そら自粛したらいかん。

自粛ムードが蔓延したら、復興の大前提の経済、景気が悪くなって、それこそ大災害が日本のすべてをダメにしてしまう。それを口にした政治家は思慮が浅すぎるんだ。

いいかね。花見というのは花の下で酒を飲んで騒ぐことだけじゃないんだぜ。皆の笑顔を見ながら、先に逝ってしまった家族、友人を思い、あの人たちと過ごした時間を懐かしんで酒を酌み交わす花見をしてる人は大勢いるんだ。同時に知り合いでなくとも不幸のあった人に対して、その人たちの魂をやすらかに送ってやれるようにと献杯する酒だってあるんだ。

紅葉の宴も、日本人の宴というものはそういうもんなんだよ。それくらい常識だろう。

花見の宴の前に、東北の人たちに鎮魂とエールを送ろうと盃を上げれば、それで十分に花見の意義はある。

政治家たちの花見はたぶん、献杯より、献金を嬉しがって飲んでるからそんなこともわからないんだろう。


アホの言うことを聞くなと、何度も言ってるだろう。

ドンチャン騒ぎでもいいんですか？　静かに、ドン、静かに、チャンならかまわんのじゃないか。ともかく自粛はイカン。

Q

今度の震災で、日本が地震大国であることを痛感しました。もうひとつ、唯一の被爆国なのに原子力政策を推し進め、いま放射能汚染に苦しめられているという事実に愕然とします。この国に住む不安と先行きの見えなさをどう考えたらいいのでしょうか。（21歳・男・大学生）

A

原子力発電所の事故が不安でしかたないか……。大変なことが起きてるかって？

そりゃそうだろう。大変って二文字では言いあらわせないだろう。そうじゃなきゃ、あれだけの数の外国人が日本から脱出せんだろう。

政府が最初、放射能汚染は心配ないって発表したことが、嘘だったとか、嘘じゃなかったのかってのを今議論してもしかたないほど最悪の事態なのはニュースの経緯を見てりゃ普通の大人なら、わかるだろう。

海が汚染されてるって？

そりゃ海に汚染水を流せば汚染されるに決ってるわな。日本の沿岸の海がダメになる？

オイオイ少しは勉強しなくては。日本の沿岸だけで済むわけないだろう。放射能ってのはそんなシロモノじゃない。沿岸から五百キロ、千キロって単位で汚染はひろがるし、ハワイ諸島、南北アメリカ大陸、ベーリング海峡、東南アジア、オセアニア、南極まで、その影響はひろがるかもしれない。

魚が食べられない？　食べられない海産物は出てくるわな。

それがわかってて、なぜ、そうするか？

そうするしか他に方法がなくなってるというのが事故の実体をわかってる連中が出した結論だろう。それにしても、た易く海へ流すかね。海、土壌は生命の根源だぜ。

この国に住む不安？　先行きが見えない？　君の言うとおりだが、不安がってってもしようがないだろう。

まずは君を含めて、日本人が今立っている国土が、世界有数の地震国で、今後も今回クラスの地震が来るのを認めるのが大事と違うか。

地震とともに生きる国土に日本人は住んでいるのを皆が認めて、そこから再生することを考えねばいかんよ。地震の対策を十分にやり直すことだ。逃げ出すわけにはいかんのだから。

次に放射能汚染だが、これも世界で一番放射能に汚染された国土、海を周囲に持つ国で日本人が今後生きていくのを、認識せんといかんわな。

いつか汚染がなくなる？　それはわしらの世代じゃ無理だろう。そういう国土で生きてるのが日本人だと、考え方を変えて、再生をしていかんといけない。

福島の一部の人たちが故郷に帰る日がいつか？

私は十年とか二十年かかる人たちも出てくると思うよ。不安がらせてるのと違うぜ。

大半の日本人が思っとるほど簡単に元に戻るもんじゃないだろう。

核燃料の発見という、二千度を越えるエネルギーを見つけたことは、人類の歴史ではなかったんだよ。いわば地球の中のマグマに匹敵するエネルギーを生み出し、人間がコントロールできるはずだと科学者は信じたんだよ。しかしこの核というものには自然界の生命体が持つ摂理を破壊するという大問題があった。文明、経済の発展か、人間の生命の保守かを、そこで問われたが、日本人は文明、経済の方を選択した。核はコントロールできると自負したんだよ。

今回のような事故が起きて、やはり核をコントロールするのは並大抵のことじゃないとわかったってことだ。それもこれも政府が、東京電力が勝手にやったことは日本人は言えんわな。わしらもそれを認めたんだから。

嘆いてもはじまらんだろう。まずは汚染されてしまった土地で生きて行くのを認めなきゃ、何もはじまらんぜ。

今後はどうしたらいいか？

未来のある女、子供の汚染を防がにゃならんのと、安全（もう完璧に安全な土地は少なくなるが）な地域で生きて行くしかない。

二十年後、三十年後、五十年後の日本がどうなるかを日本人一人一人が想像してみなくちゃいかんよ。

逃げ出すわけにはいかんのだから。

五年後、十年後に放射能汚染の影響が日本人の身体にあらわれるだろうが、それはすべての日本人じゃないだろう。何人かに一人はそういう人がいるのが日本人であり、仲間なのだと覚悟した方がいいだろう。

企業も海外で生きのびて行く部門と国内で生きて行く部門を分けて考えるだろうし、しばらくは海外から人はこの国には来ないぜ。それでもいつか以前のように訪れる日は来るだろう。

悲観的になるって？

悲観や絶望しても何もはじまらんだろう。

どうすれば生きのびて、国が再生できるかを見つけて歩き出すのが大人の男だ。

マスコミも甘いことをいつまでも言ってないで、少し頭を冷やして、今の報道のままでいいのかを考えにゃ。

頑張ろう、頑張ろうって、バカのひとつ覚えみたいに言ってりゃ済むってもんじゃないだろうよ。
事故は起きた。国土、海が汚染された。汚染を最小限にくいとめたが、原発の事故はこんなふうに環境と国を変えた、とまず認めてからはじめるのが、今は肝心と違うか。

静

連中を選んだのは私たちだぜ

Q

民主党には期待していた私ですが、未曾有の国難の中での、不信任案投票の茶番劇にはさすがに失望しました。政治って、結局誰がやっても一緒なんでしょうか。（28歳・女・会社員）

A

今回の不信任案の投票の……顚末な……。

28歳の女性の君の目から見ても、あれは茶番劇に見えるかね？　そうだね。こういう愚かな行動をして、何ひとつ実らなかったことを茶番劇と言うんだろうね。テレビのニュースキャスターやコメンテーターが皆口々に、茶番劇だ、と言ってたわな。

しかしマスコミの連中が口を揃えて言っとることは、これまでの私の経験では、十中八九間違っとるわな。

そこら辺りの商店街で町内会長を降りてもらう時だって、あれほど間抜けなことはせんだろう。

私も最初、呆れて見ていたが、元総理が真剣に、すぐに辞めると言った、現総理がそんなことは言ってないと言う。その、言った、言わないというのをマスコミがまたいちいち取り上げているのを見ていたら、

——こりゃ茶番劇を通り越してるんじゃないのか？　大人の人間として度を越えてないか？

と少し怖くなってきた。

何が怖いかって？

日本の国を滅ぼそうと、誰かがたくらんで国会周辺に何か散布してるんと違うのか。でなければ、まともな大人があんなことせんだろう。この間から国会議事堂の改装をしとったけど、ワシが思うに、工事の時に何かあったのと違うのか？　天

井の隅とかに妙な虫のいる巣がないか？

　議員の脳がすべておかしくなってしまう新種の害虫か何かに全員が刺されたんじゃないのか。そうでなきゃ、あんな子供でも笑ってしまうことを大人の、それも国会議員が平然とやるだろうか。

　政治って、誰がやっても一緒なんでしょうかって？　そう思いたくなるわな。けど私は少年の頃、ガンジーとかリンカーンとか、きちんとした政治を生涯し続けた人がいたのを習ったことがあるぞ。

　――日本にそういう政治家がいたかって？

　そんな発想をする前に、こうなったのは私たちの、君の、国民の責任だろう。連中を選んだのは私たちだぜ。もうそろそろ日本の行く末を他人まかせにしないで自分たちでやる時期なんだろうな。

Q

福島の原発の賠償問題が気になりますが、何より怖いのが人体への影響です。何年後かに自分や子供に放射能によるガンができた時、どうすればいいんでしょうか。（32歳・女・会社員）

A

福島の原発事故の賠償か……。

原発の事故に関して、原子力損害賠償法というのがあるんだと。知らんかったな、ワシも。この三条かなんかに事故の原因が、未曾有のもの、予測もつかんことだった場合（戦争なんかを言うとるらしいが、地震もその規模で決めるらしい）、東京電力は賠償に応じなくてイイと定められとるんだ。東京電力とてひとつの企業だ。町の燃料店と基本は同じだ。店をつぶしたくないから、そりゃ賠償払わん方にもって行きたいだろう。そこまでヒドイ連中かって？ 政治家と企業で好き放題やってきた悪党たち（上層部とバカ政治家、主に自民党だが、勿論、民主党以下も選挙の折は票をもろうとる）がシモジモのことなんぞ考えてはいないだろう。

さて問題は何年後かに人体への影響が出た時だな。

そりゃ出るに決っとるな。チェルノブイリとてまだ六千人近い甲状腺癌、小児癌の患者が（認定されとるだけでな）おるんだから。事故から二十六年だぞ。

ワシらはもう放射能が起因で死んでもいいが、女、子供はイケマセン。

仮にそうなった時、治療費、生活費がきちんと出るのか？　まずスンナリは出ない。チェルノブイリがそうだもの。認定されない患者が十倍近いと言われ、訴訟を続けてる間に死んでしまうのが年間何百人もいるらしい。それほど被災認定というのは難しいし、時間がかかる。

どうしたらいいんだろか？

いいですか。よ～くメモしときなさい。福島の人は特に！

まず二〇一一年三月十一日から今日まで、あなたがどこにいて、そこに何時間いて、翌日、翌々日はどこでどうしてたかを思い出してメモしときなさい。これが重要な認定への材料、証拠になる。

今からでも遅くないから自分の字で書いてとっておきなさい。十年後に症状出てからじゃ、十年前の記憶は証拠にならんから。
すぐメモして保管しときなさい。そうしたら生まれた子供でも救済ができる。

Q

今回、芸能人やスポーツ選手、経営者の高額寄附が話題を呼んでいて、心底エライなあと思います。先生は寄附しないんですか？（51歳・女）

A

ワシが寄附？　いい質問だね。それ嫌味かよ。
寄附する金がありゃするが、ないんだナ。寄附する人を見て、よく頑張りましたって、私は思うが、別にエラくはないんだよ。寄附できる金があるから、あの人たちはしてるだけなの。人が困ってる時は、余裕のある人がすればいいの。どこかで金を借りてまで寄附してる人はいないし、自分は生きていけるからしてるの。

ただいちいち金額を発表すんのは、アメリカ人の贋チャリティー精神みたいで、わしはどうかと思うな。黙ってせんかい。

寄附でエライナと思ったのは、阪神大震災の時、馴染みの鮨屋の小学生の娘が三年間手伝いして貯金してた金をすべて寄附した時だナ。ニュース見て泣きながら寄附したらしいんだナ。するとオヤジが娘に言った。

「なんでそんなに泣いてんだ。貯金がなくなるのもくやしいのか？」

「両方だよ、エ〜〜ン」

この娘の爪のアカを煎じてビル・ゲイツに飲ませたいと思ったね。

静

日本人は怒りをどこかに置き忘れてきたんだと思うぞ

Q

原発でこれほどの大事故が起きながら、日本人はなぜ怒らないのでしょう。私の祖父はお茶をやっていますが、静岡の茶葉からも放射性物質が出ているにもかかわらず「怒りを飲みこんで耐えている人がこの国を支えてるんだ」と、怒った様子を見せません。でも私、もっと日本人は声を上げるべきだと思うんです。（15歳・女・高校生）

A

日本人はなぜ怒らないかって？　日本人に限らず人間は誰でも怒るでしょう。

世の中は不平、不満を持つ人であふれとるのだから、怒らないってことはないでしょう。

　君が言いたいのは、国や政府、原発の会社に対して、どうしてもっと怒らんのかということだろう。一企業は置いといて、国家や政府に対してどうして日本人は怒らないのかって、海外では口を揃えて言っとるよ。日本人は温和で御人好しな国民性だから、などとひとくくりで言われておかしいわナ。だから今回の原発騒動でも、パニックになったり、暴徒が出てきて強奪が横行しないのは道徳をわきまえた国民だからだ、などと海外で報道され、それを褒められたと勘違いしとるんだよ。現状は福島、宮城、岩手の被災地は、正直、怒り心頭だと思うぜ。

　じゃなぜ、その怒りをきちんと国、政府にぶつけないのか？　そりゃおかしいわナ。よく気が付いたナ。

　日本人はなぜ怒らないのか？

　これはたぶん世界の七不思議のひとつになっとるんとちゃうか。ここまでいい加減な政治をやられ、周辺国に勝手なことをされたら、普通、人間誰でも、その国の人は皆怒るでしょう。

ワシが思うに、日本人は怒りをどこかに置き忘れてきたんだと思うぞ。どこかってどこにって訊くかね？　そりゃ歴史の中に置き忘れたんだろう。中国船が勝手に自分の国の領土に侵入してきたら怒るでしょう。日本の防衛をしとるというアメリカ軍基地のほとんどを沖縄の人たちにまかせてりゃ、そりゃ沖縄の人は怒るでしょう。それをどうして一緒に怒ってやれないか？　領土問題も、沖縄問題もすべて歴史の中にあるもんで、怒るべき時に怒らないで、それをうやむやにしてきたからでしょう。

じゃ怒った時がないかと言うと、60年安保条約の時は日本人の半分以上がアメリカとの安全保障条約の改定に反対し、怒りがひとつになったわナ。アンポンタンって何？　君、安保闘争を知らんのかね？　あっ15歳か。それでも教科書に書いてあったろう。知らない？　ほれ、若い君にも歴史の学び方の間違いがあるように日本人の大半は、歴史も政治もすべてオカミにまかせてきたんだよ。話を戻して、60年安保の時は近所の八百屋のオッサンもお百姓さんも漁師も、オバアチャンからオカアサンまで、その条約改定をすればまた戦争に巻き込まれるから、二度と戦争はイヤだと立ち上がったんだ。国会周辺に三十三万人のデモ隊が押し寄せて、日本の国全体が日本人の怒りの声で揺れたんだ。それでどうなったのかって？　何ひとつかわらなかったんだよ。やったことは総理大臣の首を取りかえただけだ。今とまったく同じで、それで何かの区切りがついたと思ったんだナ。そんな昔のことを言われてもって？　たかが五十年前のことだぜ。それでも五十年前は日本人の声が、怒りがまとまろうとしていた。だから怒りの資質がないわけじゃないんだ。ただね、人間は何とか生きていられるうちは拳はあげんのだよ。

日本人の怒りをひとつにできる可能性があるとしたら、それは君たちのように若い人からの憤怒がパワーになった時だな。しかし君たち何とか生きてるし愉しいことも知っとるだろう。君たちが絶望を見れば、その時初めて怒りは本物になるさ。楽できてるうちは、まあ無理だナ。

Q

日本中が節電モードに入っているにもかかわらず、暑がりの僕はついクーラーをガンガンにきかせてしまいます。罪悪感はあるんですが、どうしても我慢できなくって……。（32歳・男・会社員）

A

我慢できなきゃ、ガンガンクーラーかけてりゃいいじゃないか。そうして凍死でもしろ。

靜

大人の男の発言には責任というものがある

Q

近頃、テレビ、新聞、雑誌などで震度7クラスの地震が、今日、明日のうちに襲ってきてもおかしくないと学者が発言し、Xデーは何日だ、とか、そうすれば東京は何万人の人が亡くなり、壊滅するという報道を次から次に目にします。地震も日本中のいろんな所で起こり、正直、不安でしかたありません。家族と日本を脱出しようかと考えています。本当に地震は来るのでしょうか。（50歳・女・主婦）

A

私の周囲にも、大きな地震が来るんじゃないか、おそろしくて夜も眠れない、という女、子供がたくさんおる。大の男までが心配だと言う。

夜の銀座に友人とタクシーでむかう時、やけに人通りが少ないと、友人が言う。

「今夜、Xデーという噂があるんです。そのせいで人が少ないんですかね……」

それが聞こえたのか、タクシーの運転手までがバックミラーの中で表情をかえる。

「バカを言うな。そんなことが人間にあらかじめわかるんなら、人類の歴史の中で、これほど天災で人間が亡くなるわけがないだろうが。天災は来る時は来るものだが、今、急に来はしない」

「でも地震学者はそう言ってましたよ」

「あの連中は、そういうのが仕事だ。去年の震災でも、マグニチュード9クラスは日本ではあり得ない、と皆口を揃えて言っとったんだから、連中の言うことがアテになるか。学者の言うことをいろいろ真に受けとったら人は生きていけないぜ。じゃ天文学者が隕石の大きいのが間も無く地球に来ると言い出したら、どこに逃げるというんだ。そういうもんなんだよ。天災と学者の話は。そんなことでいろいろ影響を受けて、おそれおののくことの方が〝生きる〟基本を失う。大きな地震がまたすぐ日本を襲うってことはない。それは五十年、百年に一度だ」

「でもスマトラ沖地震はたしか翌年に……、それを考えると確率として……」

「君はアホか。確率を言い出したら、俺も君も、この運転手も、次の角を曲がったら、ブレーキがこわれたダンプカーと正面衝突して全員死ぬことになる。寝言は寝て言え」

「伊集院さんはノンキでいいですね」

「ノンキとは違う。備えはちゃんとしてある。備え以上のものが来たら、その時はそれで考えればいい。それが人の生き方だ」

するとと運転手が小声で、お客さん、Xデーの話、私も別のお客さんから耳にしたんですが、と言いやがった。

「車を止めろ。降りる。おまえたちと同じ空気を吸っとったらバカが感染する。大人の男ならもう少しよく考えて生きろ」

さて奥さん、あなたは家族がいらして、去年のあれだけの災害を目にして不安になるのはわかるが、今、話した隕石の話と同じで、今日、明日、天災が来て、皆が死んでしまうという考えで生きたり、そんな事を初中後《しょっちゅう》考えて生きるのは愚かなことだよ。

今、生きている人類のどんな英智を集めても、一寸先は正確には見ることができないのが人間の能力なんだから。ましてや地震学者が口にしたことをいろいろ取り上げ、不安になってどうするの？　そんなに正確なら彼等がとっくに逃げ出しとるだろうが。

学者たちにもわしは言っとくが、世間が不安がることを平気で口にするんじゃない。そこまで言うなら、なぜあんたは今、テレビ局のスタジオに平然とおるんだよ？　あんたたちは、大きな地震は五十年、百年に一度の割合いでしか来てないから、今はないと思ってるんです、と言うべきじゃないのか。大人の男の発言として、不安を口にするのはオカシイ、と親に教わらなかったのか。大人の男の発言には責任というものがあるのと違うのか。テレビのワイドショーのプロデューサーも、週刊誌の編集長も、見てくれりゃイイ、売れりゃイイの発想だけでいいのかよ。少しは良識を考えろ。

奥さん、マスコミの言うことを聞く前に、マスコミというものの本質を見きわめる目を持たないと、何でもかんでもマスコミが言うことが正しいなんて思ってたら大間違いだよ。

それからもうすぐ桜も咲くから、家族揃って花見でも行って、去年の震災の犠牲者を思って、美味しいもの食べて、ご主人にもご苦労さんと普段より少し高い酒を飲ませてあげなさい。せっかく春が来たんだ。それが生きるってことだよ。

Q

昨年の夏、母が亡くなりました。不思議な話ですがそれ以来、3歳の息子がごく稀に「今日ばあちゃんと遊んだよ」などと口走るようになったのです。もし本当なら、会ってこれまで育ててくれたお礼を言いたいな、と思いました。先生は幽霊を信じますか？（42歳・女・主婦）

A

ひさしぶりにいい質問だね。

ワシ、この連載、今回でやめたいと思ってたの。よくこれだけバカが世の中にあふれているんだと、呆れ果ててたんだよ。ホトホト嫌になってるんだ。

今年はお母さんの初盆だろう。

3歳の息子が、今日はばあちゃんと遊んだよ、って笑って言うんだ。

そういうことは世の中には間々あることだし、あって当然なことだよ。

あんたは42歳の女性か……。

それなら世間のこと、人間がやること、そういうものがだいたい見えはじめたでしょう。

人間は必ず死ぬわナ。

ワシも、あなたも、それだけが確かなことだろう。

往生して少しずつ息が弱くなって死ぬ者もいるけど、大半の人間は、ここで自分が死んでしまうのか、と戸惑って死ぬし、ましてや死ぬことを予測だにしないで死んでいくわけだ。でもそれはすべて他人のことなんだナ。

ワシも、あなたも自分の死はなかなか想像がつかんわナ。

それでも自分はどういう死に方をするかと考えてみると、大半が、こんなはずじゃなかったって死に方だし、死は唐突に訪れるものだ。

そうだとしたら、ついさっきまであなたが人生でいろいろ思い描いていたものが肉体と共に消え去るわけだ。

——そんなのってありかよ？

そう思った感情とか、思いが幽霊でも魂でもいいが、この世に残るんじゃなかろうか？

――本当にそう信じてるんですか？

ワシは20歳の時、17歳の弟を海で遭難死させた。

葬儀が終わってからも、母親は弟が顔を見せに来たとか口走っていた。ワシは、それは本当に弟は母親の所にやってきたんだろうと思った。

その方が弟らしいし、それを見たという母親も彼女らしいと思った。

日本に盆という行事があって、死者が一年に一度、戻って来るというのはきわめて自然な考えだと思うぜ。

そりゃ、死後の世界があるかないかなんて、ワシにはわからないが、すべての死者が帰って来て生者に逢うのなら、生き残った人のために死者の存在があると考えるのがまっとうだろう。

この夏、東北で多くの人が、海上や廃地でたくさんの人霊を見るだろうよ。

子供の人霊、母の人霊、老人たちの人霊……限りはないと思うぜ。

でもね、それは怖いもんでもなんでもないんだ。

——自分たちは大丈夫だよ、

と告げに来た人霊だろうよ。

哀しいことだが、人間が生きて行く上でそういうものは追い追い、認めなきゃいけないものだよ。

それであなたの3歳の子供なんだけど、

「そう、父さんも母さんも遊んだよ」

くらいに明るく応えた方がいいんじゃないのかね。

ともかく今年は特別な夏だ。人の魂のことも少し考える機会になるといいナ。

伊集院静

一九五〇年山口県防府市生まれ。七二年立教大学文学部卒業。八一年短編小説『皐月』でデビュー。九一年『乳房』で吉川英治文学新人賞、九二年『受け月』で直木賞、九四年『機関車先生』で柴田錬三郎賞、二〇〇二年『ごろごろ』で吉川英治文学賞受賞。『大人の流儀』『浅草のおんな』『お父やんとオジさん』『いねむり先生』『なぎさホテル』『伊集院静の流儀』『星月夜』など著書多数。

初出

「週刊文春」　平成二十二年十二月三十日・平成二十三年一月六日合併号〜平成二十四年四月五日号

単行本化にあたり抜粋、修正いたしました。

悩《なや》むが花《はな》　大人《おとな》の人生相談《じんせいそうだん》

二〇一二年五月三十日第一刷発行　二〇一二年六月十五日第二刷発行

著者　伊集院《いじゅういん》 静《しずか》

発行者　村上和宏
発行所　株式会社　文藝春秋
〒一〇二―八〇〇八
東京都千代田区紀尾井町三―二三
電話　〇三―三二六五―一二一一
印刷所　凸版印刷
製本所　加藤製本

　ISBN 978-4-16-375140-5　Printed in Japan

文藝春秋の本

星月夜《ほしづきよ》

伊集院静

東京湾で上がった老人と娘の遺体。
事件の鍵を握るのは、黄金色に輝く稲穂と銅鐸、
そして、哀しくも美しい星空の記憶——。
１９６１年「砂の器」、１９６３年「飢餓海峡」、
そして２０１１年、著者が初めて挑む、
社会派推理小説の最高傑作誕生！

定価 一七八五円